KB136951

사는 동안 행복하게

32마리 개, 7마리 고양이, 숲속 수의사 이야기

손서영

리리리

겨울

눈 내린 숲속의 하루

밤부터 눈이 내리기 시작하더니 아침에는 소복이 쌓여 있다. 눈이 오면 숲속 동물들이 먹이를 구하기 힘들까 봐 걱정부터 들지만, 문을 열고 나오니 나를 반기는 절경에 저절로 "와" 하는 짧은 함성이 터져 나온다. 바깥은 벌써 눈 때문에 신난 우리 개들로 정신없다. 이리 뛰고 저리 뛰고 술래잡기를 한다.

눈이 내린 아침에 가는 산책은 나도 아이들도 모두 기대에 차 있다. 우리가 밟지 않으면 소복이 쌓인 채로 그대로 있는 눈길을 따라 걷다 보면 마음이 맑고 깨끗해진다. 나보다 앞서나간 개들의 발자국이 크고 작고 귀여워 웃음이 난다. 새 눈을 밟을 때 나는 '뽀드득'

눈길을 조용히 걷다 보면 나와 마주하게 된다.

소리만이 들리는 고요한 숲길이다.

태어나서 처음 눈을 맞이한 소복이는 이리저리 눈발에서 뛰어노느라 분주하다. 눈을 먹어보기도 하고, 형들하고 장난치다 구르기도 하며 잔뜩 흥에 겨웠다. 큰 개, 작은 개 모두 신나서 얼굴이 전부 눈 범벅이다. 그 모습은 또 얼마나 사랑스러운지… 혼자 보기 아까운 절경에 아이들의 행복한 얼굴이 더해져 눈 속 산책은 참 좋다.

산책에서 돌아오면 나무를 가져다가 벽난로에 넣고 불을 지핀다. 나무 위의 눈이 녹으면서 점점 불이 붙어가는 모습을 보는 일도, 그 불로 집 안에 점점 채워지는 온기를 느끼는 일도 고즈넉한 아침에 누리는 호사다. 거기에 커피가 더해지면 완벽하게 아침이 완성된다.

여유를 잠깐 부린 뒤, 아이들의 아침 준비를 한다. 벌써 따뜻한 햇살이 창문으로 들어온다. 개들의 밥을 챙겨주고 나면 이제 우리 가족이 식사할 차례다. 온 식구가 모여 앉아 아침으로 단호박 수프에 토스트를 곁들여 먹는다. 엄마가 해주시는 단호박 수프는 언제 먹어도 맛이 일품이다. 아침을 먹고 나면 나는 노래를 틀고 책상에 앉아 잠시 일을 본다. 글을 쓰기도 하고, 전공 서적을 들춰보기도 하면서 오늘 해야 할 일들을 천천히 서두르지 않고 해나간다.

아침을 배불리 먹은 개들은 내 침대 위에서 늘어지게 잠을 잔다. 내가 가장 좋아하는 시간이다. 온기로 가득한 집 안에 아무 걱정 없이 누워서 단잠에 빠진 아이들의 얼굴을 가만히 보는 것을 좋아한다. 아이들의 행복이 내 행복이기에 그들의 숨소리 하나하나 소중하다.

눈 내린 숲속의 하루가 저물어 간다. 숲속의 겨울밤은 꽤 춥다. 두꺼운 옷을 꺼내 입고는 밤 숲길을 걷는다. 이번 겨울은 뭐가 그리 바빴는지 별빛을 만나기 어려웠다. 모처럼 맑은 날의 밤을 기다렸다. 나무들은 어제 내린 눈을 가지 위에 잎 위에 아직도 소중히 간직하고 있다. 청명한 겨울밤 숲길의 적요. 개들도 조용히 내 뒤를 따른다.

어둠이 깊을수록, 날이 차가울수록 별빛은 더 영롱하게 빛난다. 설경 속에서 바라보는 별빛은 더 아름답다. 눈이 달빛에 반사되어 반짝이고, 하늘에선 쏟아질 듯 별이 반짝이는 이 밤을 오래 기억할 것 같다.

나의 첫 강아지를 소개합니다

소복이는 나의 첫 번째 개는 아니다. 나는 유기견만 키우다 보니 모두 성견이 된 다음에 만난 아이들이었다. 강아지를 키우게 된 건 소복이가 처음이다. 어느 날 지인이 시골집으로 찾아왔다. 소복이를 품에 안은 채로. 지인은 도로 한복판에 소복이만 내려놓고 차가 출발하는 것을 보고, 차에 치여 죽을까 겁이 나 구조해 왔다고 했다. 소복이는 시골에 흔하디흔한 발바리 새끼다. 분명 처음에는 귀여운 강아지의 외모에 끌려서 데리고 갔을 것이다. 그러다 그 강아지 몸에 있는 외부 기생충을 보고 도로 위에 버린 뒤 유유히 떠났을 것이다. 소복이는 그렇게 기생충 덩어리로 나를 찾아왔다. 약욕과 외부 기생충 약으로 해결되는 데 하루도 안 걸렸다. 그렇게 깨끗해진 소복이는 모든 게 신기하고 재미있는, 그야말로 인생이 놀이동산 같은 하루하루를 보내고 있다. 그리고 나에게도 그런 하루하루를 선물하고 있다.

소복이 덕에 왜 사람들이 그토록 강아지를 키우고 싶어 하는지 이유를 알게 되었다. 강아지는 말랑말랑하고 따듯하고 부드러운 마시멜로 같다. 눈도 입도 코도 예쁘고, 볼록하게 나온 배는 말할 것도 없다. 거기에 아주 작은 발은 또 어떤가. 한마디로 너무 매력적이어서 사람들이 그 유혹에 넘어가 키우게 되는 것이리라. 새끼 때만 키우다가 버리는 사람들을 그토록 미워했는데, 강아지는 무턱대고 집에 들이고 싶게 만드는 치명적인 매력이 있다. 매력이 넘쳐서 슬픈 생명체인 것이다.

소복이는 나의 다른 개들과 비교해서 그다지 나쁜 기억은 없는 셈이다. 엄마와 떨어져 이곳에 오기까지 기껏해야 며칠이었을 테니 말이다. 다른 우리 아이들은 1년에서 3~4년 떠돌다 정착했으니 소복이가 가장

나에게 온 눈처럼 하얀 소복이. 이빨이 간지러워 이것저것
물어뜯는 것을 방지하기 위해 돼지껍질을 말려서 주었다.
무척 좋아한다.

구김이 없는 게 당연할 것이다. 제일 조그만 녀석이 온종일 뛰어다니고, 형들하고 놀고, 이것저것 닥치는 대로 물고 집에 들어오는 것을 보면 걱정도 겁도 없는 듯하다.

동물의 복지 정도를 파악할 때 가장 적용하기 쉬운 방법은 놀이 행동의 유무를 보는 것이다. 노는 행동은 기본적인 욕구가 해결된 다음에 나타나는 행동임으로 복지의 정도를 파악할 수 있다. 그 기준에서 본다면 소복이의 복지 수준은 지나치게 양호한 편이다. '캣초딩'도 겪어봤지만, 소복이의 에너지도 그에 못지않다. 어쩌면 더 할지도….

소복이는 독립적인 아이다. 사실 강아지 때 이것저것 챙겨줘야 할 게 많지만, 우리 집의 다른 노령견들과 상처가 많은 아이들을 보듬다 보니 소복이는 혼자 해내야 하는 경우가 많다. 하지만 산책도 씩씩하게 잘 하고, 밥도 잘 먹고, 잠도 잘 자는 소복이의 적응력은 여느 직장인 못지 않다. 그래도 그 어린 것이 엄마랑 떨어져서 나 하나 믿고 의지하며 매일 무럭무럭 커 가는 모습을 보면 그게 그렇게 기특하고 대견할 수가 없다. 소복이를 보면 '엄마 미소'가 절로 지어지고, 덤으로 하루의 고단함이 씻겨

내려간다.

솔직히 지금의 소복이가 너무 예뻐서, 가끔 크지 않고 지금 모습 그대로이길 바랄 때도 있다. 하지만, 소복이가 어떤 모습의 성견이 되어도, 나중에 늙고 병들어도 끝까지 함께할 것임에는 변함없다.

소복이는 산책도 잘한다. 그 짧은 다리로 열심히 따라오는 것을 보면 너무 귀여워서 웃음이 난다.

산책 갔다 돌아올 때 항상 무언가를 물고 들어온다.
덕분에 앞마당과 집 안이 지저분해지지만, 불평하는 가족은
아무도 없다. 치우면 되니깐.

일상의 소중함

큰 명절도 자리 잡고 있는 2월은 매해 바쁘다. 게다가 이번에는 서울까지 다녀오게 되어서 여러 가지로 어수선했다. 이런 때는 무엇도 손에 잡히지 않는다. 그저 그날그날 주어진 일들만 해내기도 바쁘기 때문이다.

이런 날들이 한차례 지나가고 돌아온 일상은 그저 소중하기만 하다. 대기 중에 언제나 존재하는 새소리가 반갑고, 밖으로 나가면 한껏 들이쉬게 되는 맑은 공기가 고맙다. 또 괜히 나를 스치고 지나가는 고양이들의 보송함이 사랑스럽고, 왁자지껄 떠들어대는 우리 집 개들의 소란스러움이 경쾌하게 들린다.

아직은 아침저녁으로 공기가 찬 늦겨울, 나는 불을 나지막하게 피워놓고 다시 벽난로 옆에 앉았다. 편백이와 축복이, 유복이는 침대에서 자고 있고, 은복이는 바닥에 누워 있다. 소복이만 홀로 어디서 주워 왔는지 뼈다귀를 물고 한창 씨름 중이다. 다시 평화가 찾아와 감사하다.

하지만, 평화로운 일상이 계속되다 보면 어느새 지루함을 토로하고, 일상 곳곳에 내재한 불편을 불평하기 시작한다. 서울에서의 편리한 삶이, 친구들과의 밤새는 줄 모르는 수다가, 즐비한 레스토랑에서 메뉴를 고르는 행복한 고민이 그리워지는 것이다. 감사할 줄 모르면 생활은 불만으로 가득 차게 된다. 불만을 가질 것은 언제나 우리 주위에 널려 있다. 불만이 쌓이면 일상에서 탈출한다.

하지만, 그런 탈출은 며칠을 견디지 못한다. 특히 사람들과의 만남이 그렇다. 사람한테 위로받을 수 있는 부분은 분명히 있다. 사람들을 만나고 좋은 레스토랑에서 맛있는 음식을 먹는다. 그러나 내 안의 공허함이 사라지지는 않는다. 어떨 때는 더 커지는 것을 느끼기도 한다. 나에게는

이런 부분이 남보다 많은 편인가 싶다. 서울에서 돌아와 자연에서 그리고 동물에게서 받는 위로와 채움이 더 크기 때문이다. 일상의 염증으로 떠난 서울 나들이는 언제나 일상의 소중함을 깨달으며 마무리된다.
이런 어리석은 반복을 하지 않아도 동물들은 일상이 가장 소중하다는 것을 알고 있는 듯하다. 동물들은 불평이 없다. 좋아하는 것과 싫어하는 것의 표현이 명확하지만, 불평하는 법은 없다. 그래서 만나면 불평을 한 다발 풀어놓는 사람들보다 순간순간을 감사하고 즐기는 동물이 나는 더 좋은가 보다.

한번은 누가 내게 언제 가장 행복하냐고 물었다. 나는 행복한 순간을 떠올려 보았다. 예전에는 행복이 눈에 보이는 것이 아니었다. 내가 쫓아야 하는 대상, 내가 이루고자 하는 삶의 종착지 같은 것이었다. 하지만 이번에는 달랐다. 매일 오후 집 앞 과수원으로의 산책, 배나무 가지와 잎 사이로 쏟아지는 햇빛 조각들, 여기저기서 들리는 새소리, 그리고 나의 개들이 풀숲에 뛰어다니는 모습. 그 순간이 떠올랐다. 이제 행복은 더 이상 내게서 멀리 있는 것이 아니었다. 그 사실을 알고 속으로 굉장히 기뻤다.

지금 나의 일상은 어쩌면 내 인생에서 쉼표와 같은

날들인 것 같다. 남들보다 앞서기 위해 쉼 없이 달리던 예전과는 다르게 지금은 숨을 고르고 있는 것 같다. 숨을 고르면서 내 주위에 펼쳐져 있는 아름다운 삶의 조각들을 실컷 바라보며 미소 짓는 시간인가 보다. 이런 일상을 나의 개와 고양이와 함께할 수 있어서 그저 감사하고 행복할 따름이다. 오늘도 가던 길 멈춰 서서 나를 뒤따라오는 개들을 보고, 나무와 햇살을 보고, 날아오르는 새들을 보면서 그렇게 하루를 살아야겠다.

한잠 늘어지게 자고 있는 소복이.
이제는 제법 커서 강아지의 모습은 많이 없어졌지만,
나에게는 영원히 강아지일 것이다.

이 녀석들과 함께하는 이 시간은
내 평생 가장 행복한 시절로 기억될 것이다.

따뜻한 부엌

나는 요리를 잘 못한다. 혼자 자취하던 시절도 있었지만, 그때는 너무 바빠서 거의 밖에서 끼니를 때웠고, 그나마 집에서 먹을 때도 엄마가 보내주신 반찬을 꺼내 먹었다. 이런 내가 영국 유학 시절 음식 때문에 갖은 고생을 다 했다. 영국의 음식은 과연 소문대로 형편없었고, 밖에서도 안에서도 끼니를 제대로 때우지 못한 나는 앙상하게 말라서 귀국했다. 그때 나는 엄마가 있는 부엌의 소중함을 뼈저리게 깨닫게 되었다.

엄마가 있는 부엌은 언제나 맛있는 음식 냄새로 가득하고, 그 냄새에 끌려 부엌으로 몰려든 나의 아이들 때문에 북적한 곳이다. 내가 애들 간식 그만 주라고 아무리 말씀을 드려도 엄마는 자기 부엌에 찾아온 아이들을 그냥 보낼 수 없다는 철학으로 틈만 나면 맛난 것을 주고 계신다. 그래서 애들은 엄마를 그리고 엄마의 부엌을 좋아한다.

그런데 재미있는 것은 엄마가 요리를 시작하면 애들이 우르르 몰려가지 않는다. 한 아이가 다른 애들 몰래 찾아와 맛난 것을 받아 가고, 또 다른 아이가 눈치 보며 찾아가 맛난 것을 입에 물고 나오는 식으로, 꼬리에 꼬리를 물고 행렬이 이어진다. 엄마는 부엌을 찾아오는 아이에게만 맛난 것을 주는 게 아니라 부엌에 찾아와서 맛난 것을 받아 가는 애들을 부러운 눈빛으로 쳐다보는 아이들에게도 직접 가서 맛난 것을 입에 넣어 주신다. 어쨌건 엄마의 부엌은 우리 집에서 가장 명당이다.

집이 너무 낡아서 새로 지으려고 한 적이 있었다. 헌 집을 부수고 그 자리에 새집을 짓는 게 아니라 헌 집 옆에 새집을 지을 예정이라 새집에는 사람만 살고, 헌 집에 개들이 살게 할 작정이었다. 그런데 나는 사람의 온기가 없어진 집에 개들끼리만 있는 것이 영 마음에 들지 않았다. 개들은 무척 사교적인 동물로 사람과 부딪치며 지내기를 원하기 때문이다. 그래서 내심 그 '집 짓기 프로젝트'가 무산되길 바라며 조금 소극적으로 참여했다.

그 결과 새집 짓기는 먼 미래의 일로 밀려나고, 많이 낡았어도 아이들과 지내기 부담 없는 헌 집에서 계속 지내게 되었다.

사실, 새집을 짓는다고 해도 나는 그냥 애들과 낡은 집에서 머무를 작정이었다. 내가 가장 잃어버리기 싫은 공간은 엄마가 있는 낡은 부엌이었다. 나는 아이들이 기대에 찬 눈으로 코를 벌름거리며 엄마의 요리 냄새를 맡는 것이 좋았다. 애들이 배가 고파서 사람 음식을 널름거리지 않도록, 무슨 일이 있어도 애들 밥을 먼저 챙겨준 뒤에 우리 밥을 먹는다. 그래서 사람 식사 시간에 애들은 단잠을 잔다. 재미있는 건 사람이 밥을 다 먹을 동안, 그리고 내가 내 방으로 돌아갈 때까지 아이들은 그 따듯한 부엌에 머무른다. 누구 하나 이탈자가 없다. 나는 나의 아이들이 좋아하는 그 부엌을 참 좋아한다.

내가 요리를 못 한다고 나의 역할이 전혀 없는 것은 아니다. 나는 아이들의 밥을 담당한다. 애들의 밥에 있어서는 엄마보다 내가 한 수 위다. 아침은 갓 지은 쌀밥에 육수를 넣고, 돼지고기와 닭고기를 섞어서 준다. 추운 겨울에는 애들이 아침으로 국밥 한 그릇씩 먹는 것을 좋아한다. 저녁 메뉴는 여러 가지가 있지만, 요즘 애들이 가장 좋아하는 것은 치즈를 가득 넣은 리소토다. 아침에 남은 밥에 치즈와 고기를 넣고 사료에 섞어서 주면 금세 한 그릇 뚝딱 먹는다. 그냥 사료를 주는 것이 더 좋을 수도 있으나, 나는 그간 따듯한 밥 한 끼 제대로 먹지 못하고 살았을 애들에게 좀 더 정성이 들어간 밥을 먹이고 싶다. 사료는 항시 먹을 수 있도록 그릇에 놔둔다. 그래도 애들은 사료보다 때마다 주는 아침과 저녁 식사 시간을 기다린다.

그리고 나는 엄마의 숙련된 만년 조수다. 엄마가 요리할 때 나는 여러 가지 잡다한 일을 한다. 파를 다듬기도 하고, 감자를 까기도 하면서 열심히 보조한다. 나는 그런 일을 하면서 엄마와 대화하는 시간이 참 좋다. 부엌에서는 무언가 열심히 끓고 있고, 엄마의 칼질하는 도맛소리가 들리고, 거기에 내가 도대체 뭐 하는지 궁금해하는 아이들의 시선이 더해지면 세상 그 어느 곳보다 더 행복한 공간이 된다. 그곳에서 엄마와 도란도란 얘기하면 어느새 식사 준비가 끝나 있다.

그렇게 만든 음식이
맛없을 리
없다.
엄마는
무슨
요리든 금세 뚝딱 만들며
기가 막히는 맛을 내는
요리사다.

우리 집의 식사 시간은 이렇게 만들어진다. 개들도 사람도 행복한 식사 시간이 하루에도 몇 번씩 있다는 것은 정말 감사한 일이다. 그래서 나는 애들 밥을 준비하는 시간이 싫지 않다. 아이들이 맛있게 먹는 것을 보면 내가 다 배부르고 행복하기 때문이다. 밤이면 우리 집 부엌도 이제 잠시 문을 닫을 시간이다. 아침부터 다시 분주할 그 공간을 뒤로 하고 방으로 돌아간다.

33살에 영국으로 떠나다

영국으로 출발할 때 한국은 무더운 여름인 8월이었다. 하지만 내가 도착한 영국은 비바람이 몰아치고 있었다. 몹시 추워 트렁크에 넣어두었던 옷을 꺼내 입어야 했다. 여름이 딱 이틀뿐이라는 스코틀랜드에 도착한 것이 실감났다. 잔뜩 긴장한 채 도착한 홈스테이 집은 마음 좋은 아주머니가 운영하는 곳이었다. 아주머니는 추위에 떠는 나에게 따듯한 홍차를 내어주셨다. 영국에 도착해서 처음 무언가를 입에 넣은 것이 홍차여서일까? 아직도 홍차는 내가 힘들고 지칠 때 위로가 되는 차가 되었다.

그곳에서는 홍차의 도움을 받아야 하는 순간이 참

눈 내리던 날, 기숙사 창밖으로 보이던 전경.

많았다. 추운 날씨 때문인지 사람들도 모두 춥고 냉담했다. 게다가 동물 복지와 행동학 수업을 듣는 대부분은 영국 학생이었다. 영국 발음에 익숙하지 않은 나는 영어를 듣는 건지 외계어를 듣는 건지 혼란스러울 지경이었다. 영어를 잘한다고 믿었던 나는 속수무책으로 무너지고 있었다. 점점 자신감을 잃자 영어는 더 안 되었다. 나는 결국 영국인들 무리에 끼지 못했으며 그저 겉도는 이방인이 되었다. 하지만 다행히 나중에 정말 좋은 친구 몇몇을 만났고, 그들과 함께하는 시간으로 몸과 마음을 녹일 수 있었다.

흐리고 비 오는, 매일 똑같은 스코틀랜드 날씨에도 조금씩 지쳐갔다. 빨리 사계절이 있고, 나를 따뜻하게 맞아주는 가족이 있는 한국으로 돌아가고 싶은 마음뿐이었다. 음식은 또 얼마나 맛이 없던지... 나는 지독한 집밥 체질이지만, 음식은 잘 할 줄 모른다. 샌드위치 정도는 맛있겠지, 라는 막연한 생각으로 아무 준비 없이 갔는데, 그곳은 샌드위치까지도 맛이 없었다. 나는 그나마 한국에서 가져간 음식들을 아끼고 아끼며 버텼다.

이런 모든 악조건 속에서도 나는 꼭 동물 복지를 배우고 싶었다. 너무나 알고 싶었고, 졸업장을 손에 들고 귀국하고 싶었다. 공부하고 공부하고 또 공부하는 시간. 나는 대부분의 시간을 도서관에서 보냈다. 운동량이 현저히 떨어져서 가까운 도서관 대신 걸어서 30~40분 걸리는 도서관으로 매일 걸어서 갔다. 꼭 '고3 생활'로 돌아간 기분이었다. 내가 상상했던 유학 생활은 이런 것이 아니었는데… 후회되진 않았지만, 분명 힘들었다.

어쩌면 내가 더 어릴 때 유학을 갔더라면 덜 힘들었을지도 모른다. 낯선 환경에 적응도 빨리하고, 내가 조금 과소평가 되는 일도 별일 아니게 받아들였을 것이다. 하지만, 서른을 넘긴 나는 이미 안정적인 생활에 어느 정도 대우를 받으며 사는 것에 익숙해져 있었다. 그런 나에게 영국 유학은 갑자기 차가운 세상에 내동댕이쳐진 기분이 들게 했다. 익숙한 일상에서 살다가 무엇을 해도 시행착오를 겪는 새로운 사회에 들어가는 일은 설렘보다는 두려움이 더 앞서는 것이었다. 이 나이에 먼 타국에서 뭐 하는 짓인가 하고 회한 섞인 한숨을 쉬어보기도 여러 차례였다. 하지만 그 고생은 내가 동물의 생리적인 부분뿐만 아니라 정신적인 부분까지 이해의 폭을 더 넓힐 수 있도록 도와주었다. 그런 면에서 에든버러에서의 시간은 훌륭한 스승 역할을 충실히 했다.

그렇게 1년이 지나고, 나는 꿈에 그리던 졸업장을

영국에서 하나둘 모은 동물 복지 관련 서적.
소중한 보물들이다. 중고로 사서 도서관 마크가 붙어 있다.

손에 쥘 수 있었다. 1년이 10년 같았지만, 온전히 공부에 매진할 수 있었다. 정말 많은 것을 배웠으며 동물에게 한 걸음 더 다가갈 수 있었다.

귀국한 뒤 영국에서 배운 동물 복지를 수의과대학 학생들에게 가르쳤다. 내가 보고 느낀 것을 예비 수의사들에게 알려주는 일은 내게 무척 뜻깊었다. 예전에는 '동물 복지학'이라는 과목도 없었는데, 최근 5년 사이에 많은 학교에 신설되고 있다. 무척 고무적이라고 할 수 있다. 여력이 되는대로 더 많은 학생에게 동물 복지에 관한 지식을 전달하고 싶다.

늦은 나이에 시작했던 나의 유학 생활은 인생의 반전을 기하기에 더없이 좋은 선택이었다고 믿는다. 나는 지금의 삶에 만족한다. 내가 조금이라도 우리나라 동물들의 삶의 질을 향상하는 데 이바지할 수 있다면 더 바랄 것이 없을 것 같다. 내가 가장 사랑하는 철학가인 니체의 책 《차라투스트라는 이렇게 말했다》에 이런 글귀가 있다.

> "지금 인생을 다시 한번 똑같이 살아도 좋다는 마음으로 살아라!"

다시 돌아간다고 해도 유학을 떠날 것이다. 그 시간이 있었기에 지금의 내가 있기 때문이다. 나는 지금의 내가 그리고 내가 사는 방식이 무척이나 마음에 든다. 다시 살아도 지금처럼 살고 싶다.

동물 복지 이야기

영국 유학 시절 나는 마트에서 프리덤 푸드(Freedom food) 인증 마크가 붙은 제품을 자주 접할 수 있었다. 이는 RSPCA(Royal Society for the Prevention of Cruelty to Animals)에서 인증한, 동물 복지를 고려한 관리 방식으로 생산한 상품을 뜻한다. 현재 많은 나라에서 동물 복지는 품질의 한 부분이며 구매 의사 결정에 중요한 기준이 되고 있다. 우리나라에서도 최근에 동물 복지형 농장 인증이나 동물 복지형 달걀과 같은 상품이 출시 되고 있다.

그렇다면 동물 복지란 무엇일까? 흔히 동물 권리(animal right)와 동물 복지(animal welfare) 개념을

혼동하기 쉬운데, 동물 복지는 동물 권리보다 좀 더 유연한 개념이다. 동물 권리란 사람에게 인권이 있듯이 동물에게도 마땅히 누릴 권리가 있다는 철학적 개념이다. 따라서 인간을 위해 동물을 이용해서는 안 되는 것이다. 그러나 동물 복지는 동물을 이용하되 살아 있는 동안만큼은 그들이 행복할 수 있도록 배려해야 한다는 것이다. 국제 수역사무국(OIE)은 좋은 동물 복지를 '건강하고, 편안해하고, 영양 상태가 양호하고, 안전하고, 정상적인 행동을 표현할 수 있고, 통증, 두려움, 고통과 같은 불쾌한 상태를 겪지 않는 상태'라고 정의하고 있다.

동물 복지에 관한 관심은 새롭거나 생소한 것이 아니다. 예전부터 동물을 사랑하는 많은 사람이 동물의 상태가 양호한지 염려했다. 또한 동물의 신체적, 정신적 안녕을 보장하고자 노력해 왔다. 하지만 동물 복지라는 개념이 대중의 관심을 끌기 시작한 것은 루스 해리슨의 《동물 기계》(Animal Machine, 1964)라는 책이 발간되면서부터다. 이 책에 '공장식 축산'이라는 용어가 소개되었으며 그런 방식의 많은 문제점이 제시되었다. 인간의 이기심 때문에 고통받는 수많은 동물을 우리가 자각하기 시작한 것이다. 이로써 동물과 인간이 공존하는 방식으로, 동물 복지가 주목받게 되었다.

동물 복지의 증진이 비단 동물뿐만 아니라 우리 인간에게도 이로울 수 있다는 여러 연구 결과가 있는데, 어떻게 그것이 가능한 것일까? 복지를 측정하는 방법은 매우 다양하며 복잡하지만, 질병과 상해가 발생하는지 측정하는 일은 동물 복지의 지표로 오랫동안 사용해 왔으며, 농장 동물의 복지를 평가할 때 행하고 있다. 예를 들어 육계가 썩은 암모니아로 가득한 깔짚에 서 있거나 앉아 있을 때, 궤양된 발, 가슴 부위 수포, 무릎의 화상은 복지의 저하를 나타낸다. 따라서 질병이 발생하지 않도록 위생적인 관리는 중요한 쟁점이다. 또한, 심각한 면역력 저하를 초래하는 스트레스 또한 동물 복지에서 중요한 점이다. 스트레스는 정상적인 생리적 기능을 하는 데 쓸 자원(시간, 에너지, 영양)을 앗아가기 때문에 스트레스가 심각하거나 장기간 유지될 때, 병적인 상태로 발전할 가능성은 매우 커진다.

동물의 건강 상태는 그것을 섭취하는 사람의 건강에 큰 영향을 끼친다. 동물의 질병을 항생제나 살충제로 막는 것이 아니라 위생 관리와 스트레스를 안 받는 환경을 조성하는 것이 동물 복지 증진과 우리의 건강을 지키는 방법이다. 이 둘은 서로 비례 관계에 있다고 볼 수 있다.

다른 이를 위해 자기 목숨을 내놓는 것은 불가능에 가까울 정도로 어려운 일이다. 하지만 동물은 우리에게 목숨을 내어준다. 그런 동물을 위해 우리가 할 수 있는 일은 무엇일까. 동물 복지를 존중하는 일은 인간을 돕고 인간을 위해 희생되는 동물에 대한 최소한의 양심이며, 예의다. 당장 모든 문제가 사라지고, 모든 동물의 복지가 최상이 될 수는 없겠지만, 우선은 그들이 사는 동안 행복하게, 복지적으로 양호한 상태로 살아가기를 진심으로 바라본다.

낮의 햇살을 받으며 이 글을 쓰고 있다. 내 옆 침대 위에는 세상 모르게 자고 있는 나의 개들과 고양이들이 있다. 나는 우선 이들 모두가 정신적으로나 신체적으로 좋은 복지 상태를 유지할 수 있게 최선을 다할 것이다.

햇살이 들어오는 창가 아래 나란히, 제일 큰 녀석과 제일 작은 녀석이 엉덩이를 맞대고 자고 있다.

동물이 행복한지 어떻게 알아요?

우리 인간은 도덕적인 존재다. 그런데 그 도덕적인 범주는 어디까지일까? 도널드 브룸(Donald Broom) 교수는 우리가 동물을 이용하고 그들과 관계를 맺고 있다면, 우리는 그들의 삶의 질을 돌봐야 할 의무가 있다고 말한다. 삶의 질이 곧 복지다. 그렇다면 동물의 복지 상태, 다시 말해 그들이 행복한 삶을 살고 있는지 어떻게 알 수 있을까?

복지 상태를 파악하기 위한 가장 손쉬운 방식은 그들에게 물어보는 것이다. “요즘 기분은 어떠니?” “지내는 데 불편한 거는 없니?” 이렇게 말이다. 하지만 우리는 이런 질문에 답을 구할 수 없다. 동물들이 말을 못 하기 때문이 아니라 우리가 그들의 언어를 이해하지 못하기 때문이다.

그렇다면 어떻게 접근해야 할까? 우리는 흔히 안부를 묻고는 한다. "요즘 어때?" 이렇게 광범위하게 물을 수도 있고, "요즘 잘 먹고 다니는 거야?" "일은 잘돼?" 이렇게 나눠서 물을 수도 있다.

만약 일 때문에 힘들다는 친구가 있다면 일에 국한해서 더 자세하게 물어볼 수도 있다. 업무 자체가 힘든지, 인간관계가 힘든지, 급여가 불만족스러운지 등으로 말이다. 이렇게 세분화해서 묻다 보면 그 친구를 힘들게 하는 구체적인 이유를 파악할 수 있게 된다.

이렇듯 우리의 현재 복지 상태에는 많은 요소가 작용한다. 동물도 마찬가지다. 동물에게 전반적인 상태를 물어볼 수 있다면 더할 나위 없이 좋겠지만, 그럴 수 없으니 우리는 영향을 미칠 수 있는 다양한 요소를 하나하나 체크해 나가며 동물 복지를 측정한다.

동물의 복지에 영향을 줄 수 있는 요소들은 결국 사람이 동물에게 제공하는 것들이라고 볼 수 있다. 이런 요소들을 '투입(input)'이라고 한다. 주요 요소로는 동물 관리자의 자질(훈련을 받았는지, 동물과의 상호작용은 어떤지), 환경 자원(사육장의 넓이, 바닥의 재질), 동물의

동물 복지 평가 과제를 하러 간 영국의 경매장.
경매장 시설과 관리자들이 동물을 대하는 태도,
그리고 동물들의 반응 등을 여러 방면에서 평가했었다.

품종(해당 사육 체계나 기후에 적합한 종인지) 등이 있다.

이런 투입은 동물 관련 규정을 만들 때도 사용된다. 사육장의 규격이라든지, 물의 공급 방식, 공기 중의 암모니아 농도, 동물 관리자의 자격 조건, 품종 선정 등이다. 우리나라 법률 규정에는 이에 해당하는 구체적인 명시가 없다. 그나마 다행인 것은 해외의 많은 과학자와 동물행동학자, 수의사의 노력으로 동물에게 적합한 자원의 공급 규정이 확립되어 있어 이를 참고한다면 쉽게 우리나라 실정에 맞게 도입할 수 있다는 점이다.

하지만, 이런 공급 요소만으로는 동물의 복지를 정확하게 측정하기 부족하다. 동물에 따라 각각의 요소에 반응하는 정도가 다르기 때문에 개체 자체를 관찰하여 그들이 실제로 어떤 영향을 받는지 파악할 필요가 있다. 예를 들어 같은 식사량이 공급된다고 하더라도 어떤 사람은 적당량이라고 생각할 수도 어떤 사람은 부족하다고 할 수도 있으며, 같은 공간에서도 어떤 사람은 아늑함을 느낄 수도 어떤 사람은 비좁아 숨이 막힐 지경이라고 느낄 수도 있다. 우리 집 개들은 밖에서 지내는 애들도 있고, 집안에서 지내는 애들도 있다. 자유롭게 오갈 수 있지만, 대부분의 큰 개는 실외를 택하고, 작은 개는 실내를 택한다. 이렇게 각자에게 적합한 조건은 서로 다를 수 있다.

주어진 요소에 따라 나타나는 반응을 '산출(output)'이라고 한다. 산출에는 질병(눈, 코 분비물, 절뚝거림), 행동(누워 있는 시간, 정형 행동의 유무), 생리학적 평가(호흡수의 증가, 혈압 상승, 특정 호르몬의 증가) 등이 포함된다.

산출은 동물을 직접 보고 판단하는 것이기 때문에 이에 가장 적합한 이는 동물을 직접 돌보고 있는 관리자(농장 동물은 농장주, 전시 동물은 사육사, 반려동물은 보호자)다. 그들의 관찰이 중요하다. 또한 질병을 평가하고 이상 행동을 파악하는 데는 수의사의 도움이 필요하다. 이 밖에도 동물행동학자, 생태학자 등 여러 전문가의 조언이 필요하다.

지금은 반려인 천만 시대다. 동물 관련 이슈에 어느 때보다 많은 관심이 집중되고 있다. 그 관심이 반려동물을 넘어 농장 동물, 실험동물, 전시 동물로 확대되고 있다. 또한 대통령 선거에도 동물 복지 공약이 들어갈 만큼 관심이 뜨겁다. 하지만, 실제로 동물의 삶이 얼마만큼, 얼마나 빠르게 나아지고 있는가 하면 아직 부족한 느낌이다. 앞으로 동물 복지의 발전을 위해서는 관련 전문 인력의 확충과 연구가 시급하고, 관련 법률 개정도 빨리 이루어져야 한다. 동물에 대한 높은 관심이 실제 동물에게 영향을 미칠 수 있도록 모두가 힘을 모아야 할 때다.

봄

아이들과 함께하는 봄의 왈츠

봄이 왔다. 꽃봉오리가 이제 열리려고 하고, 새들의 지저귐은 그 어느 때보다 명랑하다. 동백꽃은 벌써 꽃을 바닥에 떨구어 마당을 붉게 물들여 간다. 여기에 우리 아이들의 경쾌한 발걸음이 완연한 봄이 왔음을 알린다. 겨우내 꼭꼭 닫아뒀던 창문을 열고 방안을 상쾌한 공기로 가득 채운다.

가장 빨리 나에게 봄을 알리는 것은 바로 쑥이다. 이른 봄에 고개를 내밀기 시작해서 순식간에 퍼져나간다. 봄이 내려앉은 우리 집은 언제나 쑥밭이 된다. 그러면 나는 아이들을 데리고 과수원으로 쑥을 캐러 간다. 아직 너무

아이들의 몸짓에서 웃음소리가 들리는 것 같다.

크기 전인 어린 것일수록 맛이 좋다. 그런 쑥을 골라서 차곡차곡 바구니에 담는다. 근데 혼자면 훨씬 빨리 캘 텐데, 아이들의 방해 공작에 쉽지 않다. 내가 주저앉으면 몰려와서 이리저리 밀고 매달리고 하질 않나 쑥 바구니를 들고 튀지를 않나, 하여간 말썽들이다. 이 난리 통에 쑥을 캐야 하는 것은 물론이고, 아이들이 나를 도와주겠다고 땅을 파는 통에 흙더미를 뒤집어쓸 때도 있다. 오늘은 쑥 캐는데 애들이 몰려들어서 서로 밀치는 꼴이 불안하더니 싸움이 붙고 말았다. 내가 고래고래 소리를 지르고 난 뒤에야 겨우 말릴 수 있었다. 아직도 목이 따끔거린다. 그렇다고 쑥 캐러 갈 때 애들을 두고 갈 수도 없고, 두고 가봤자 다 따라 나올 테니 소용도 없다. 그냥 이렇게 요란스럽게 쑥을 캘 수밖에.

산책할 때 아이들이 물고 오는 쓰레기가 우리 집 마당에 한가득이다. 사람들은 왜 쓰레기를 밖에다 버리는 건지 알 수 없지만, 나를 닮아 심하게 자연보호 정신이 강한 우리 아이들은 그 쓰레기를 물어다가 친히 우리 집 마당에 버린다. 가끔 쓰레기를 뜯어먹을까 봐 걱정돼서 뺏으려고 시도해 보지만, 단 한 번도 성공한 적이 없다. 다행히 아이들이 좋아하는 쓰레기는 찌그러진 페트병, 신발(신발을 왜 산에 버릴까?), 장갑 등 삼키기엔 큰

것이라 아직 한 번도 탈이 난 적은 없다. 한 번은 쓰레기 봉지를 들고 나가 쓰레기를 다 치워버리려고 한 적이 있지만, 줍다 줍다 지쳐서 포기한 뒤로는 대체 이놈의 쓰레기와의 전쟁을 어떻게 끝내야 할지 모른 채 있다. 특히 성묘객들이 다녀간 명절 이후에는 완전 쓰레기 더미가 되어 있다. 제발 쓰레기는 집으로 가져가서 버렸으면.

아침에 일어났더니 집안이 난장판이 되어 있었다. 내가 불 피울 때 쓰려고 지난해 달력을 화목난로 옆에 둔 게 화근이었다. 장난칠 목표물을 찾은 나의 아이들은 내가 단꿈에 젖은 동안 달력을 물어뜯기 시작한 것이다. 그 흥에 겨워서일까? 옆에 있던 방석도, 뜯긴 부분으로 삐져나온 솜도 놓치지 않고 물어뜯으며 온 사방에 헤쳐놓았다. 이렇게 나 몰래 파티를 연 거실은 엉망진창

난장판. 나는 이제 혼도 안 낸다. 이미 엎질러진 물이고, 누가 그런 건지 색출하기도(아마 모두가 연루되어 있겠지만) 힘들기에 그냥 허탈한 웃음을 짓고 말았다. 애들이 신나게 놀았으면 됐다고 스스로 위로하며 치우기 시작했다. 내가 주저앉아 치우고 있으면 뭘 잘했다고 뒤에서 매달리고, 앞으로 와서 꼬리로 먼지 날리고, 뽀뽀해대고… 난리법석인 애들을 피해 가며 어찌어찌 치우고 나니 오늘 할 일 다했다 싶었다.

나의 아이들은 사실 봄, 여름, 가을, 겨울 가리지 않고 사건, 사고를 몰고 다니지만, 그래도 봄에는 내 마음이 너그러워진다. 봄 햇살이 따사로이 떨어지는 마당에서 아이들과 뒹구는 시간은 봄에만 경험할 수 있다. 가끔은 정말 노래라도 틀어놓고 다 같이 봄의 왈츠를 추고 싶을 만큼. 각자 리듬에 맞춰 궁둥이를 흔들어 대며 춤을 추는 모습을 상상만 해도 너무 귀엽고 사랑스럽다.

예복이와 건복이는 단짝이다.
다리가 불편한 건복이를 배려하며 함께 노는 모습을 보면
어떤 면에서는 나보다 훨씬 낫다. 대견하다, 내 새끼!

늦은 봄소식

요번 겨울은 다른 해에 비해 유독 혹독하게 느껴졌다. 무서운 한파가 연일 계속되었고, 추위에 약한 유복이를 안고 지내야 했으며, 눈을 치워가며 벽난로에 넣을 나무를 해 와야 했다. 그렇게 무섭게 몰아치던 추위가 어느새 물러가고 거짓말처럼 봄이 왔다.

계속되는 강추위를 피해 집 안에만 머물면서 심심해하던 개들은 이제 전부 밖으로 나가 마음껏 뛰어놀고, 뜨끈한 아랫목에서 잠만 자던 고양이들도 밖에서 햇볕을 쬔다. 아직은 아침저녁으로 쌀쌀한 날씨 탓에 나무를 해 오는 일을 게을리할 수 없지만, 맑은 햇살과 부드러운 공기 속에서 나무를 하는 일은 더 이상

고되지 않다.

이틀 전 종일 봄비가 오더니 오랜만에 해가 고개를 내밀었다. 맑게 갠 하늘에서 내리쬐는 햇살은 눈이 시릴 정도다. 따뜻한 햇빛으로 조금씩 말라가는 풀밭 위를 걷는 개들의 발걸음이 가볍다.

혹독한 겨울 뒤에 찾아온 봄이 반갑다고 밖으로 나간 복돌이가 외박했다. 잠은 꼭 집에서 자는 아인데. 종일 전전긍긍 걱정했다. 그러다 어젯밤 복돌이가 특유의

야옹 소리를 내며 집으로 들어왔다. 인제야 왜 엄마들이 늦으면 늦는다고 연락을 하라고 성을 내셨는지 이해가 간다. 나는 나의 고양이들에게 전부 휴대전화를 선물하고 싶을 때가 한두 번이 아니다. 얼굴이라도 내비치고 나가서 놀고 오면 될 일을 이렇게 속을 까맣게 태운다.

소복이는 요즘 부쩍 독립심이 강해졌다. 예전에는 내가 어딜 가든 졸졸 쫓아다녔는데, 요즘은 내킬 때만 따라온다. 아이들이 쉬는 공간과 내 방은 많이 떨어져 있다. 그래서 내 방에 갈 때 나는 항상 유복이를 안고 오고, 다른 아이들은 오고 싶으면 오고 아니면 말고 한다. 근데 요즘 들어 소복이가 내 방에 안 따라 들어오는 날이 종종 생긴다. 그러면 나는 또 그게 그렇게 섭섭하다. 이제는 엄마 없이도 형들이랑 잘 지내는 게 대견하면서도 섭섭한 마음이 드는 건 어쩔 수 없나 보다. 나한테는 아직 어리고 작고 귀여운 강아지인데 언제 이렇게 컸나 싶고… 강아지 때 키우다가 성견이 되면 더 이상 예쁘지 않아 최악의 경우 버리기까지 한다는데, 나는 대체 언제 어느 부분이 안 예쁘게 느껴지는지 모르겠다.

흙 내음 가득한 이곳에서 맞는 봄은 그야말로 향기롭다. 매화꽃과 들꽃, 동백꽃이 나를 반긴다. 봄에도 이곳은 여전히 바쁘다. 개와 고양이는 일거리를 쉬지 않고 주고,

온갖 새들이 찾아와 밥을 달라고 한다. 새들에게 곡식을 조금 내어주고, 한참 산란기라 바쁜 잉어들에게도 먹이를 꼭 챙겨주어야 한다.

개들의 산책 시간은 해가 일찍 마중 나오는 탓에 새벽 5시 반으로 앞당겨졌다. 봄철이라 부쩍 많아진 진드기 때문에 외부 기생충 약을 발라주긴 하지만, 온 산을 누비며 산책을 마친 뒤에는 한 마리씩 온몸 구석구석을 살피며 진드기를 잡아줘야 한다.

이렇게 바쁜 탓인지 아니면 자연이 그렇게 만드는 것인지, 나도 모르게 TV와 인터넷에서 멀어지게 되었다. 그렇게 문명에서 조금씩 멀어지게 되면 불편함 없이 자연과 같이 움직이는 나를 발견하게 된다. 동이 트기 전 일어나서 하루를 시작하고, 해가 지는 저녁이 되면 아늑한 내 방으로 들어간다. 책을 보다가 어김없이 10시 반쯤 불을 끄고 잠을 청한다.

그간 안 좋은 일로 마음고생을 해서일까? 일도 손에 안 잡히고 자존감도 낮아졌다. 지금 이런 삶이 맞는 건지, 해묵은 고민도 다시 머리를 내밀었다. 그래서 나는 요 며칠 하던 일을 모두 멈추고 무조건 밖으로, 자연의 품속으로 들어갔다. 그곳에서 들꽃 사진도 찍고, 나의

부쩍 커버린 소복이.
이제는 제법 아저씨 같은 외모를 뽐낸다.

봄에는 나물이 지천이다. 쑥, 고사리, 취나물, 두릅. 죽순까지.
오늘은 머위나물을 한 바구니 땄다.

개, 고양이 사진도 찍고, 봄나물도 캐고… 그렇게 햇살을 맞으며 자연 속에 있다 보니 어느새 자연이 나에게 평화를 가르쳐 주고 있었다. 현실은 전혀 달라지지 않았지만, 나는 다시 평온해진 마음으로 지금의 나를 믿을 힘이 생겼음을 느낄 수 있었다.

조금은 느리게 가더라도 이렇게 하루하루 열심히 살아가면 된다는 확신과 안도감이 밀려온다. 그리고 나는 다시 일어설 수 있다.

이곳에서 맞이하는 봄은 정말 좋다.

나는 시골에서 살 거야

동물 복지를 공부하러 영국으로 떠날 당시 나는 함께하던 강아지 3마리를 부모님께 맡겼다. 하지만, 다들 한가락 하는 아이들인지라 부모님이 돌보기 힘들어하셨다. 하는 수 없이 나의 개들을 지금 내가 있는 이곳 시골로 내려보내기로 했고, 나는 영국에서 그 연락을 받고 하염없이 눈물을 흘렸다. 내가 유학을 가는 바람에 아이들이 고통받는다는 생각에 하루도 편한 날이 없었다. 부모님은 아이들이 시골에서 자유로운 생활을 한껏 누리고 있다고 하셨지만, 전혀 위로가 되지 않았다.

그리고 드디어 유학 생활을 끝내고 한국에 돌아왔을 때, 나는 한달음에 시골로 내려가 아이들을 데리고 서울로 왔다. 서울 입성을 뛸 듯이 기뻐할 줄 알았는데, 아이들은 무료해했고, 창밖을 바라보는 시간이 눈에 띄게 늘었다. 안타까워서 하루에 한 번 하던 산책을 두 번으로 늘렸지만, 산책으로는 그 무료함이 달래지지 않는 듯했다. 결국 나는 다시 짐을 싸 들고 아이들과 함께 무작정 시골로 내려갔다. 그간 힘들었을 나의 털 뭉치들에게 더 좋은 환경을 제공하고 싶었다. 더불어 유학 생활로 지친 나도 쉬고 싶었다. 그 당시에는 우리가 이렇게 시골에 눌러앉게 될 줄은 꿈에도 몰랐다.

서울에서 장장 5시간 걸려 도착한 시골은 이상하게 고요하게 느껴졌다. 자연이, 숲이 나에게 좀 쉬었다 가라며 속삭이는 것 같았다. 며칠이 그렇게 흘렀다. 나는 알 수 없는 기분에 사로잡힌 채 서울로 돌아가는 날을 점점 미루고 있었다. 그냥 자연이 달래주는 느낌이 좋았고, 작은 육체노동으로 서서히 건강을 되찾아 가는 것이 좋았다. 그리고 무엇보다 나의 아이들이 행복해했다. 나와 온종일 함께 있는 것도, 방문만 열면 바로 야외인 것도, 숲길 따라 걷는 산책도 아이들은 아주 좋아했다. 그렇다. 여긴 우리가 찾던 천국이었던 것이다. 생활하기는 불편하지만, 서울에서 느끼지 못한 따스한 충만감을 느낄 수 있었다. 나는 그게 무엇인지 아직도 잘 모른다. 하지만 중요한 건 내가 이곳에서 비로소 행복하다는 사실이었다.

어릴 적 나의 소원은 항상 '행복하게 해주세요'였다. 생일 케이크의 촛불을 끌 때도, 보름달을 보고 빌 때도 항상 같은 소원을 말했다. 행복하지 않을 이유가 없었음에도 나는 유독 '행복'이라는 것이 느껴지지 않았다. 도대체 언제 어디서 오는 건지 알 수 없는 수수께끼 같았다. 나는 전형적인 '~하기만 하면 행복할 텐데' 증후군에 빠져 있었다. 지금 당장 즐겁고 충만하게 살아갈 수 있음에도 그러지 못하고, '몸무게 5kg만 빠지면 좋을 텐데', '이 학위만 취득하면 좋을 텐데'라며 행복을 미뤄두었다. 그야말로 행복은 쫓아야 하는 대상, 내가 이루고자 하는 삶의 종착지 같은 것이었다. 저 미래 어디쯤 위치한, 노력해야만 쟁취할 수 있는 그 무엇을 하염없이 염원할 뿐이었다.

그런 내가 시골에 온 뒤부터 행복을 느끼고 있었다. 정말 의아했다. 성공을 한 것도, 돈을 많이 번 것도 아닌데 그냥 마냥 좋았다. 아침에 일어나 출근 버스에 몸을 싣는 대신 나의 아이들과 아침 햇살을 맞으며 산책하고, 밤에 피곤에 지쳐 잠드는 대신 하루를 잘 보냈음에 감사하며 편안히 잠드는. 그런 일상이 너무 좋았다. 강의하고, 동물 병원에서 일하며 조금씩 버는 돈으로 아끼며 살아가도 불편함이 없었다. 둘러보니 나는 이미 많은 것을 가지고 있어 굳이 새것이 필요치 않았다. 소비를 줄이는 데는 생각보다 큰 힘이 들지 않았다.

나는 운 좋게도 영국에서 다양한 사람을 만날 수 있었다. 사는 모습은 각기 다르지만, 그들의 공통점은 모두 자신이 있는 위치에서 자긍심과 행복을 느끼고 있다는 점이었다. 나는 그런 그들의 삶을 들여다보면서 어쩌면 모두 다 똑같은 길로 걸어가는 삶에 싫증이 났을 수도 있다. 가끔은 그런 생각이 들 때가 있다. '내가 만약 계속 평범하게 서울에서 살았더라면 어땠을까?' 그럼 남들처럼 일해서 돈 벌고, 그 돈을 오로지 나 자신을 위해 쓰고, 어쩌면 결혼해서 아이가 있을 수도 있을 것이다. 그럼 나도 메신저의 프로필을 모조리 아이 사진으로 도배하거나 여행 사진으로 채웠을 수도 있을 것이다. 혹자는 그런 삶에 미련이 없냐고 묻기도 한다. 하지만 나는 아무리 생각해도 아쉬운 마음이 들지 않는다. 오히려 이런 삶이 있다는 것을 내가 모르고 한평생을 살았으면 얼마나 가슴 아픈 일일까, 생각한다. 나는 내가 번 돈의 대부분을 유기견과 유기묘를 위해 쓰고 있는 지금이 훨씬 더 행복하다.

연못 앞에서 일광욕 중인 복자, 깜복이, 노복이.
내가 가장 좋아하는 사진이다.
행복은 이런 모습이 아닐까?

이런 이유로 나는 이곳에 새로운 둥지를 틀었지만, 식구가 순식간에 이렇게 불어날지는 몰랐다. 유기 동물 문제는 도시에서뿐만 아니라 시골에서도 심각한 수준이었다. 어쩌면 중성화 수술이 조금 더 보편화된 도시가 시골보다 나을 수도 있다. 여기선 사시사철 새끼를 낳는 개들을 쉽게 볼 수 있고, 그런 만큼 버려지는 아이도 숱하게 많다. 모두 다 내가 품을 수는 없지만, 나와 특별한 인연을 맺은 아이들은 자연스럽게 곁에 두게 되었다.

그렇게 모인 아이가 30마리가 넘는다. 이제는 이곳을 떠나고 싶어도 떠날 수 없게 되었다. 이 아이들과 함께 살 수 있는 곳은 여기밖에 없기 때문이다. 그렇지만 후회한 적은 단 한 번도 없는 것 같다. 나에게 아이들이란 행복, 즐거움, 기쁨, 아픔, 슬픔, 즉 나의 모든 것이기 때문이다. 이제는 이 아이들 없이 살아가는 인생은 상상할 수도 없다. 마치 처음부터 여기서 만날 운명이었던 것처럼 우리는 이곳에서 그 어느 때보다도 행복하게 지내고 있다. 남들에게는 보잘것없는 시골에서의 삶이지만, 나는 오늘도 내일도 이곳에서 나의 아이들과 함께할 것이다.

이곳에서 나는 도시에서 살 때는 한 번도 생각조차 해보지 못한 삶을 살고 있다. 이것저것 쇼핑을 하고 사람들을 만나는 대신 자연이 주는 풍요로움에 흠뻑 빠져 매일 매일 충만한 하루를 보내는 것이다. 180도 달라진 나의 삶을 사랑하고 만족하며 자랑스럽게 생각한다. 내면이 풍요롭지 않은 삶은 그 무엇으로도 채워지지 않음을 내 안을 채우고 나서야 깨달았다. '이 생이 짧다는 걸 진심으로 깨달을 때 무엇이 가치 있고 중요한지에 대한 생각이 완전히 달라진다'고 〈월든〉의 저자 헨리 데이비드 소로는 말했다. 나는 내 삶을 좀 더 주체적으로 살아 나가고 싶었고, 오지 않을 미래의 일을 위해 지금 내 곁에 있는 소중한 아이들의 행복을 희생하고 싶지 않았다. 나는 그동안 충분히 배움의 시간을 가졌다. 이제는 그것을 실제로 쓰면서 살아간다.

인적이 드문 산골에 살면 외롭거나 사람이 그립지 않냐는 질문을 많이 받는다. 전혀 그렇지 않다고 말하면 거짓말이겠지만, 서울에서 사람들과 만나고 돌아오는 길은 가끔 허무하거나 적적한 기분이 든다. 하지만 자연 속에서의 삶은 그렇지 않다. 동물들과 함께여서인지 몰라도 크게 공허함을 느끼지 않는다. 나는 공허함을 싫어한다. 쫓기는 듯한 삶도 남과 나를 자꾸 비교하게 되는 삶도 싫다. 누군가에게 내보일 것도 없는 단출한 삶도 여기에서는 부끄러울 것이 없다. 계절마다 달라지는 풍경을 보는 것도, 이곳저곳 얼굴을 내미는 꽃도 누구나 볼 수 있는 곳이다. 여기서는 그 어떤 것도 나에게 자격이나 조건을 들이밀지 않는다. 그냥 내가 오면 반겨줄 뿐이다.

가장 행복한 시간, 산책

무슨 일이 있어도 산책을 하루에 2번 하기는 쉬운 일이 아니다. 산책 시간을 피해서 스케줄을 잡아야 하고, 일을 마치고 피곤한 발걸음으로 돌아와 바로 산책하러 가기란 정말. 그래도 나는 산책을 나간다. 아이들이 눈 빠지게 기다리는 시간이고, 무엇보다 그들과 나의 약속이기 때문이다. 아이들은 산책 시간만 되면 엉덩이를 들썩이며 부릉부릉 시동을 건다. 그럼 "아직 시간 안 됐다~"라며 내가 한마디 한다. 그래도 막무가내로 시동을 걸어대면 떠밀리듯 산책이 시작된다.

도시든 시골이든 산책 시 에티켓은 꼭 지켜야 한다. 바로 목줄과 배변 봉투, 그리고 인식표다. 때에 따라서는 입마개도 챙겨야 한다. 이것을 챙겼다면 이제 사회적 약속으로서의 에티켓이 아닌 전적으로 개를 위한 산책 에티켓을 지켜야 할 때다.

사람은 시각적인 동물이다. 하지만 개의 경우는 조금 다르다. 개의 색 인식은 색맹인 사람과 비슷한 수준이지만, 후각 신경 세포는 인간보다 약 20배 예민하다. 즉, 개는 냄새로 주변 세상을 이해하고 기억한다. 이는 개가 산책 시에 후각적으로 많은 자극을 받음을 의미한다. 우리도 길거리를 걷다가 멋진 사람이나 아름다운 풍경에 시선이 자연스럽게 따라가는 것과 마찬가지로 개들도 자연스럽게 후각적 자극이 있는 곳으로 가고 싶어 한다.

본래 산책은 개들에게 적당한 운동과 환기를 위한 것이다. 아무런 자극에도 반응하지 못하도록 강요하며 욕구를 참게 하는 행군 훈련이 아니다. 이왕 개들을 위해 산책하기로 마음먹었다면 조금은 더 그들의 눈높이에서 즐거운 산책이 되도록 이곳저곳 보물찾기하듯 냄새를 맡게 해주면 어떨까?

또한 냄새를 맡는 일은 개의 사회 활동에도 많은 영향을 준다. 산책하는 다른 개의 성별 등 다양한 정보를 냄새로 얻는다. 이 외에도 냄새를 맡는 행위만으로도 행복감과 안정감을 느낀다고 하니 이만한 치유가 없다. 개를 행복하게 하기 위해서 많은 것을 기꺼이 감수하려고 하는 보호자를 나는 많이 봐왔다. 그렇다면 가장 쉬운 방법인 마음껏 냄새 맡으며 산책하기부터 시작해 보라고 권하고 싶다. 노즈 워크를 하며 산책하는 것은 반려견의 몸과 마음을 모두 건강하게 한다.

오후의 햇살이 흐릿해질 무렵이 되면 아이들의 궁둥이는 또다시 들썩이기 시작한다. 오후 산책을 나가려고 다들 출발선에 선다. 그러면 나도 옷을 챙겨 입고 다시 숲길을 따라 걷는다. 반짝이는 오후 햇빛에 반사되어 나뭇잎들이 보석같이 빛난다. 눈부신 그 길을 따라 걷다

보면 새들이 날아오르는 모습도 보이고, 흐드러지게 핀 배꽃도 보인다. 아이들은 나를 앞서거니 뒤서거니 하며 산책하고, 나는 길을 따라 묵묵히 걸어 나간다.

산책길에서 나는 잠시 쉬어가기도 하고, 잠시 풍경을 바라보기도 한다. 천천히 걸으며 주변을 돌아보고, 그 풍경에 넋을 잃고 잠시 서 있기도 한다. 늘 쫓기듯 걷는 것에 익숙했던 나에게 새로운 발걸음의 방법을 알려준 것도 바로 산책이다. 도시에선 늘 걸음을 재촉했었다. 항상 시간에 쫓겼기 때문이다. 나는 제법 걷는 속도가 빠른 편에 속했고, 앞 사람을 추월해 걸어 나가는 걸 조금 좋아하기도 했다. 다른 사람보다 앞서기 위해, 버스나 지하철에 더 빨리 올라타기 위해 나는 항상 속도를 냈다. 하지만 여기서는 그렇게 급히 갈 곳이 없다. 발걸음은 자연스럽게 느려지고, 잠시 멈추기도 잘하는 걸음걸이가 되었다. 그리고 나는 바뀐 나의 걸음걸이가 퍽 마음에 든다.

아이들 단체 사진이 없는데, 그나마 좀 단체 사진처럼 나왔다.
애들이 워낙 가만히 있지 않다 보니 다 같이 나온 사진이 없다.
그나저나 발은 또 왜 저리 더러운지 모르겠다.

내 인생을 바꾼 병아리

나는 평범한 아이였다. 서울에서 태어나 아파트에 사는 아주 평범한 아이였다. 하지만 유독 동물을 좋아해서 아파트 베란다로 찾아오는 까치와 비둘기에게 먹이를 주고, 비 오는 날 아스팔트 위로 올라와 목숨이 위태로운 달팽이와 지렁이를 구출하느라 땅만 보고 걸어 다니고는 했다. 친구들이 개미집을 파헤치고 놀 때 나는 옆에서 조용히 흙으로 덮어주다가 들켜서 애들에게 원성을 듣기도 했고, 친구가 잡아놓은 잠자리를 풀어주다가 친구가 울음을 터뜨린 적도 있었다. 나는 친구들을 이해하지 못했고, 친구들은 나를 이해하지 못했다.

초등학교 3학년 어느 봄날이었다. 학교 앞에 병아리 파는 할머니가 왔다. 여느 때와 같이 삐악삐악하는 소리가 나는 상자에 많은 아이가 몰려 있었다. 나는 그사이를 들여다보다가 좁은 틈 사이로 고개를 내밀고 있는 병아리와 눈이 마주쳤다. 그때 나는 어린 나이임에도 무엇인가 직감했는지 엄마의 허락도 구하지 않고 몇백 원을 주고 그 병아리를 집으로 데리고 왔다. 행복하게 살라고 '해피'라는 이름을 지어준 병아리는 금방 죽을지도 모른다는 엄마의 걱정과는 달리 나의 지극 정성에 보답이라도 하듯 어엿한 수탉으로 자랐다. 여리고 뽀송했던 노란 털은 윤기 흐르는 깃털로 바뀌었고, 머리에는 빨간 벼슬이 오도도 돋았다. 그렇게 닭의 모습을 갖춰가면서도 어린 병아리 때 그대로 내 뒤만 졸졸 따라다녔다. 내가 학교에서 돌아오면 뛰어나와 기쁨의 춤을 췄고, 내가 침대에 누우면 내 배 위에서 잠을 자곤 했다.

흔히 어리석은 사람을 일컬어 속된 말로 '닭대가리'라고 하지만, 내가 함께한 닭은 전혀 우매하지도 다른 동물과 비교해 지능이 떨어지지도 않았다. 해피는 나에게 동물이 다양하고 뚜렷한 개성을 가졌으며 생각과 감정을 지녔음을 알려주었다. 닭의 수명이 평균 15년 안팎에서 길게는 30년 가까이 된다는 걸 사람들은 알까? 병아리로 나에게 찾아온 해피는 개나 고양이와 견주어도 손색없는 반려동물이었다. 그리고 그때 처음으로 결심했다. 말 못 하는 동물들, 특히 많은 편견에 아름답고 섬세한 면을 무시당하는 동물들을 위해 살자고.

어린 시절 나는 왜 모든 생명이 똑같은 대우를 받지 못하는지 이해할 수 없었다. 특히나 친구들이 개미나 잠자리 같은 곤충을 함부로 대하고 죽일 때는 말할 수 없는 고통을 느꼈다. 소심한 성격 탓에 말리지는 못하고, 속으로 끙끙 앓았던 기억이 있다. “어린아이였을 때 나는 내가 왜 오직 사람들만을 위해 기도해야 하는지 이해가 가지 않았다. 어머니가 내게 잘 자라고 밤 인사를 할 때면 나는 모든 살아 있는 존재를 위해 내가 직접 만든 침묵의 기도를 올리곤 했다.” 초등학교 때 슈바이처의 위인전에서 읽은 이 구절로 슈바이처는 나와 생각을 같이하는 동료이자 영웅이었다. (잘 알려지지 않았지만, 그는 사람뿐 아니라 동물도 많이 치료했다) 나는 슈바이처처럼 의술로 동물을 돕겠다고 생각하게 되었고, 자연스럽게 수의사를 꿈꾸었다.

그렇게 내게 평생 잊히지 않을 가르침을 준 해피는 내가 중학교 3학년이 되던 때에 건강이 급격히 나빠졌고, 우리 가족은 고통받는 해피를 위해 안락사를 결정할 수밖에 없었다. 마지막으로 해피를 데리고 병원에 가서 안락사를 부탁드렸을 때 수의사는 개, 고양이가 아니라 닭이라서 매우 놀라는 눈치였지만, 편안하게 해피를 보낼 수 있게 도와주셨다. 그렇게 작고 노란 병아리는 나에게 와서 꿈을 심어주고 떠나갔다.

나의 첫 반려동물이 개나 고양이가 아니어서 나는 참 다행이라고 생각한다. 모든 동물을 평등하게 보는 시각을 가질 수 있게 되었고, 모든 동물이 나름의 반짝이는 가치가 있음을 깨닫게 됐기 때문이다.

인생에는 생각지 못한 인연을 만나는 순간이 있고, 그로써 삶이 변할 수 있다. 내게는 그 순간이 병아리 상자 속 해피와 눈이 마주쳤던 때였던 것 같다. 그리고 내 삶은 달라졌다. 나는 수의사가 되었다. 지금 생각해 보면 그런 모든 순간이 내게 필요한 과정이었다. 기꺼이 친구가 되어주고, 가족이 되어준 모든 동물이 있었기에 수의사인 지금 내가 있는 것이라고 생각한다. 인생을 살면서 수많은 갈림길 앞에 선다. 그때마다 나와 인연을 맺어준 동물들을 떠올린다. 그리고 기꺼이 동물을 위한 길을 택한다. 그런 결정이 모여 지금의 나를 만들었다.

내가 꿈꾸는 동물 병원

처음 수의사를 꿈꾸기 시작할 때부터 나는 꼭 만들고 싶은 동물 병원이 있었다. 숲속 작은 동물 병원. 문을 활짝 열어 놓으면 아픈 동물들이 자유롭게 드나들 수 있는 병원. 그들을 치료하고 보살피는 곳. 동화 속에나 존재할 것 같은 병원이지만, 나는 그 꿈을 아직도 간직하고 있다.

내가 도시에서 벗어나 자리 잡은 곳은 농장 동물을 위한 병원만 있는 곳이었다. 간혹 대동물을 보는 수의사가 개나 고양이를 봐주기도 했지만, 그 진료 건수는 미미했다. 반려동물을 위한 동물 병원이 개설되기에는 적은 수의 반려동물이 살고 있고, 대부분의 개와 고양이는 마당에서 살고 있어 그들이 아프다고 반려인이 많은 돈을 지출할 의사도 없는 편이라 이래저래 의료 사각지대로 남아 있었다.

이런 곳에 동물 병원을 열어야겠다고 마음을 먹은 건 첫째는 내 아이들이 아플 때마다 1시간씩 차를 타고 도시로 가야 하는 일이 애들에게 너무 큰 스트레스였기 때문이었다. 둘째는 조금의 항생제와 진통제로도 많은 아이가 고통에서 벗어날 수 있는데, 그런 최소한의 치료조차 받지 못하고 고통 속에 방치된 시골 개와 고양이들이 안타까워서였다. 셋째는 도시보다 중성화에 대한 인식이 부족해 매해 무분별한 번식으로 태어나는 새끼 수가 어마어마했고, 그 때문에 버려지는 아이들도 너무 많아서 중성화가 시급했다.

이런 이유들을 해소하기 위해서는 일반적인 동물 병원보다 조금 수가가 낮아야 했다. 동물 병원 진료비가 비싸다고 강하게 인식되어 있어서 반려동물이 아파도 동물 병원에 데려가길 꺼리는 분이 많았다. 그런 인식을 바꿔야 했다. 나는 그분들이 감당하실 수 있는 선에 맞춰서 비용을 설정하고 유기견이거나 길고양이의 진료일 경우에는 더 할인을 해드렸다. 그리고 아프면 병원에 꼭 오시라고 당부하는 것을 잊지 않았다.

처음에는 나의 이런 운영 방식에 대해 세상 물정 몰라서 그런다며 많은 질타를 받았다. "동물 병원의 수가가 비싼 이유는 고가의 장비와 물품 그리고 인건비가 지출되는 데 있다. 하지만, 보험이 없어 그 부담을 고스란히 소비자가 부담하게 되는 것이다. 근데 너는 그 비용을 네가 감당하겠다는 게 말이 된다고 생각하냐." 등등의 날 선 비판이 쏟아졌다. 나도 내 병원이 어떻게 잘 돌아갈 수 있을지 걱정이 많이 되었지만, 동물들을 도와주려면 다른 방도가 없었다. 앞서 말했듯이 나는 동물들을 무료로 치료해 주는 숲속의 동물 병원을 여는 것이 꿈인데, 그래도 지금은 어느 정도 비용을 받으니 괜찮다고 마음을 다잡았다. 그런데 신기하게도 나의 동물 병원이 점점 입소문이 퍼지면서 많은 분이 찾아주셨고, 마당 개와 고양이들도 아프면 병원에 데려오는 분이 거짓말처럼 늘어갔다.

내가 병원을 열던 그해, 마당 개 중성화 사업과 길고양이 중성화 사업(TNR)이 우리 군에서 시작되었다. 나는 저렴하게 봉사의 개념으로 중성화를 하려고 마음먹고 있었는데, 그럴 필요 없이 군의 지원을 받으며 중성화를 할 수 있게 되었으니 얼마나 다행인지 몰랐다. 보호자는 자비 부담 없이 중성화 수술과 내장 칩까지 심을 수 있었고, 길고양이도 중성화 수술을 통해 무분별한 번식을 막을 수 있었다. 나는 진통제부터 항생제까지 꼼꼼하게 챙겨서 수술을 진행했고, 많은 분이 만족하면서 지금은 내가 살고 있는 지역뿐 아니라 옆 군 2곳의 마당 개와 길고양이 중성화도 진행하고 있다. 마당 개나 길고양이가 아니더라도 자비로 수술을 원하는 분도 계속 늘어나고 있다. 예상한 것보다 훨씬 많은 분이 내가 설득하지 않아도 수술을 원하고 있었고, 단지 수술을 할 만한 병원이 없어서 무기한 연기하고 있던 것이다.

나는 의료 혜택을 못 받는 음지의 아이들을 양지로 끌어 올리고 싶어 동물 병원을 열었다. 그러기 위해 병원의 문턱을 최대한 낮추기 위해 저렴하지만, 합리적인 비용으로 운영하기로 했다. 그러자 많은 보호자가 반려동물이 아프면 쉽게 찾아와서 이런저런 상담도 하고, 치료도 받을 수 있게 되었다. 많은 분이 찾아주시는 덕분에 동물 병원의 운영도 어려움 없이 잘 돌아가고 있으며, 지금은 '이렇게 병원을 운행해도 괜찮구나'라는 자신감도 어느 정도 생긴 것 같다. 작은 궁금증이나 걱정거리가 있으면 동네 사랑방처럼 모여서 얘기도 나누고 그에 맞는 처방도 해드리면서 그 반려동물의 삶의 질을 올려주고 싶다. 요즘은 너무 감사한 마음이 들면서도 한편으로는 시골에 이렇게 아픈 아이가 많은데 동물 병원이 없는 지역이 아직도 많다는 것이 안타까울 뿐이다. 앞으로 여기와 비슷한 병원이 의료 사각지대인 시골에 많이 생겨 많은 동물의 고통을 덜어줄 수 있기를 바란다.

병원에 버려진 편백이

내가 대치동의 동물 병원에 근무하던 시절, 셰퍼드 계의 일종인 말리노이즈 종 한 마리가 응급으로 병원에 왔다. 태어난 지 6개월 정도 되었지만, 이미 크기는 집채만 하게 큰 그 개는 오른쪽 뒷다리가 다발성 골절이 된 상황이었다. 주인은 개를 상업적으로 많이 키우는 사람이었고, 그 개, 편백이는 주인이 온 것을 반기려 뛰어나갔다가 주인의 오토바이에 다리가 끼어서 심각한 골절상을 입은 것이다. 응급 수술을 해야 하는 긴박한 상황에서 주인은 치료 비용이 부담되었는지, 아니면 이미 커버린 개가 더 이상 상업적 가치가 없어서인지 홀연히 자취를 감춰버렸다.

주인과 연락도 되지 않는 상황에서 나는 편백이를 수술해 줄 것을 간곡하게 외과 선생님에게 부탁했다. 다행히 우리 병원은 원장 선생님도 외과 선생님도 모두 좋은 분이어서 수술을 할 수 있었다(나는 내과의라서 수술을 집도할 수 없다).

하지만, 수술했다고 해서 치료가 끝나는 것은 아니었다. 매일 매일 드레싱 등 수술 후 처치가 기다리고 있었다. 보통 대형견을 치료할 때는 큰 사고를 방지하기 위해서 남자 선생님들이 힘으로 제압하거나 마취를 하고 진행한다. 편백이는 힘이 너무 세서 제압할 수 없어서 항상 마취해야 했으며 나는 그것이 너무 가슴 아팠다. 그래서 시간이 날 때마다 대형견 입원실에 들어가서 편백이와 놀아주고, 시간을 함께 보내며 점점 신뢰를 쌓아갔다. 그렇게 쌓인 우정 덕분에 편백이는 내 말을 잘 듣게 되었고, 더 이상 마취는 필요하지 않았다.

점점 낫는 편백이에게 또 다른 문제가 기다리고 있었는데, 바로 거처였다. 그렇게 큰 대형견이 서울에서 입양될 리 만무했다. 결국 내가 지금 살고 있는 이곳으로 내려보내기로 했다. 나의 걱정과는 달리 편백이는 차로 장장 5시간이나 되는 거리를 기특하게 잘 참아주었다. 편백이는 시골에서 사랑을 듬뿍 받으며 서열 1위 개로 자리 잡았다.

당시 이곳에는 정년퇴임 하신 아빠만 계셨다. 그리고 다른 집에서 얻어온 진도 혼종견 진순이도 집을 지키고 있었다. 무뚝뚝하고 사람의 사랑에 별로 관심 없는 진순이에 비해 편백이는 거죽을 잘못 쓰고 나온 애처럼 하는 짓이 영락없는 소형견 같았다. 애교가 많고, 사람을 잘 따르며 사람에 대한 의존도도 높았다. 처음에는 편백이의 등장에 난색을 보이던 아빠도 어느새 자신을 잘 따르는 편백이의 매력에 흠뻑 빠졌고, 편백이는 집채만 한 크기에도 집안에서 생활하게 되었다. 큰 개가 주는 충직한 느낌은 그 무게가 더해져 더 큰 매력으로 다가온다.

한 번은 아빠가 서울에 잠깐 다녀오신 사이, 아빠의 부재에 화가 난 편백이가 아빠 옷을 모조리 찢어놓고, 아빠가 아끼는 황금송이 나무를 뽑아놓았다. 그래도 아빠의

편백이 사랑은 전혀 줄어들지 않았다. 지금까지도 아빠가 가장 사랑하는 개는 편백이다.

생김새나 크기가 워낙 무섭게 생겨서 아무도 우리 집에 감히 접근하지 못하니 집을 지키는 역할은 톡톡히 해내고 있지만, 택배 기사나 우체부가 너무 무서워해서 결국에는 집에서 먼 곳에 우체통을 설치하고, 택배도 집에서 떨어진 자리에 놓아달라고 부탁한다. 아무리 무거운 택배도 내가 전부 들어서 옮겨야 해서 불편하기는 하지만, 편백이의 존재는 그 어떤 불편함도 감수하기에 부족함이 없다.

산책을 좋아하는 편백이 덕분에 하루에 2번, 30~40분씩 산책하다 보니 나도 덩달아 건강해지는 느낌이다. 대형견은 소형견보다 상대적으로 많은 운동량이 필요하므로 적절한 산책은 필수다. 소형견은 보통 하루에 20분씩 2번의 산책이 권장되지만, 편백이 같은 대형견은 그보다 좀 더 긴 시간의 운동이 필요하다.

요즘 개 물림 사고가 보도되면서 대형견의 산책이 많이 제한된다고 한다. 대형견 입마개는 산책 시 필요하다고 생각한다. 자기가 기르는 개가 아무리 예쁘더라도 다른 사람에게는 위협일 수 있기 때문이다.

보호자가 건강한 반려 문화를 지키는 일은 정말 중요하다. 동시에 동물에게 좀 더 너그러운 세상이 되기를 기다린다. 무턱대고 모든 개를 적대적으로 보는 시선이 얼마나 힘든지, 개와 함께하는 사람이라면 대체로 잘 알 것이다.

편백이는 대형견이지만, 우리 집에서 가장 애교가 많고 사람에게 우호적인 아이다. 침대에서 자는 걸 좋아하고, 담요를 사랑하고, 우리 가족의 사랑을 온몸으로 반기는 평범한 반려견. 햇살이 좋은 날이다. 오늘은 또 편백이가 무슨 덩치에 안 맞는 귀여운 짓으로 우리에게 웃음을 선사할지 기대된다.

크기에 안 맞게 축복이랑 마당에서 놀고 있다.
장난을 좋아해서 큰 개, 작은 개 가리지 않고 잘 논다.
작은 아이와 놀 때는 키를 맞추기 위해 꼭 앉아서 논다.
사랑스럽기 그지없다.

동물에게 느끼는 연민의 감정

나는 동물을 좋아한다. 하지만 더 깊이 내 안을 들여다보면 동물을 안타까워하는 마음이 더 크다. 이놈의 동물들은 나를 어찌나 불안하게 만드는지 꼭 벼랑 끝에 매달려 있어 내가 손을 뻗어줘야만 할 것 같다. 반려동물은 말도 안 되는 이유로 툭하면 버려지고, 농장 동물은 말도 안 되는 환경에서 겨우 목숨을 부지하다 끔찍한 방법으로 살해되고, 실험동물은 상상할 수도 없이 잔인한 실험에 이용되고, 전시 동물은 갑갑한 우리 안에서 평생을 본능을 억누른 채 사람들의 볼거리로 살고, 야생동물은 끊임없이 계속되는 인간의 침범으로 보금자리를 빼앗기고 있으니 내가 마음 편히 살 수 없는 것도 당연하다.

예전에 남자친구가 크게 아픈 적이 있었다. 나는 자취방에서 홀로 아픈 남자친구를 간호해 주러 갔다. 그런데 그 당시 나는 일이 너무 많아서 몹시 피로한 상태였고, 아프다고 징징대는 남자친구가 그렇게 꼴이 보기 싫었다. 간호를 하는 둥 마는 둥 하다가 집으로 일찍이 들어왔다. 그리고 며칠 뒤 나의 강아지가 장염에 걸렸다. 심각한 장염이 아니었지만, 식음을 전폐한 아이 앞에서 나는 당황하여 어쩔 줄 몰랐다. 밤늦도록 간호하고 맛있는 걸 온통 늘어놓고 어떻게든 조금이라도 먹이려고 애를 썼다. 다행히 며칠 지나지 않아 나의 개는 건강을 회복했지만, 너무나 확연히 대비되는 이 상황이 조금 이해가 안 갔다. 남자친구를 사랑하지 않나? 라고 스스로 물을 정도로 혼란스러운 행동이었다. 지금은 그 이유를 알 것도 같다. 동물은 자신의 안위를 위해 할 수 있는 것이 없다. 그에 비해 인간은 자신을 위해 무언가라도 할 수 있다. 그러니 나는 내 강아지에게 더 마음을 쓸 수밖에 없는 것이었다. 동물을 생각하는 마음으로 점철된 내게 남자친구의 아프다는 소리는 그저 어리광에 불과했으리라. 동물에 대한 연민은 일반적인 연민의 감정보다 훨씬 깊은 안쓰러움이 묻어난다.

살에 구멍이 났던 바둑이는 이제 상처가 흔적도 없이 사라지고 많이 자랐다. 개구쟁이로 돌변한 바둑이가 침대에 누워 메롱 하고 있다.

해복이 일가가 햇살이 좋다고 모두 밖으로 나왔다. 셋이 똑같은 간격으로 앉아서 다들 털을 열심히 다듬는다. 별복이만 나를 쳐다본다.

영국에 유학 갔을 때 나는 매우 힘들었다. 항상 강아지나 동물에 휩싸여 살던 내가 아무런 온기가 없는 곳에서 지내기란 여간 힘든 일이 아니었다. 잠시나마 몸을 녹일 수 있는 곳이 있었는데, 바로 스코틀랜드 국립박물관이었다. 그곳에는 많은 동물이 박제되어 있었다. 물론 박제를 찬성하는 것은 아니지만, 그래도 그 당시 털로 뒤덮인 동물을 보는 것만으로도 위로가 되기에 충분했다. 나는 그곳에서 처음 '도도'라는 새를 보았다. 지금은 멸종해서 존재하지 않는 새다. 도도새가 너무 아름다워 박물관에 갈 때마다 한참을 들여다보고는 했다. 그때 이런 생각이 들었다. 어쩌면 이렇게 아름다운 생명체를 보는 것이 인간에게 사치여서 이 세상에서 사라진 것이 아닐까? 그래서 수많은 동물이 멸종 위기에 처해서 사라지고 있는 것은 아닐까? 인간이 죄를 뉘우치지 않으면 자연은 이렇게 아름다운 생명체를 하나씩 사라지게 해서 인간에게 벌을 내리는 건 아닌지 생각했다.

어릴 적 수의사를 꿈꾸던 시절, 나는 자주 이런 상상을 했다. 내가 커다란 수레를 끌고 가면 아픈 동물이 하나씩 수레에 올라타는 것이다. 그렇게 한 바퀴를 돌고 동물 병원에 와서 내가 한 마리 한 마리 치료해 준다. 하도 똑같은 상상을 여러 번 해서 지금도 또렷이 떠오르고는 한다. 나는 그렇게 아픈 동물, 상처 입고 버려진 동물을 위해 내 기술을 쓰고 싶었다. 나에게 동물이라는 단어는 언제나 상처 입고 버려지고 구겨진 존재로 떠오르고는 한다. 우리 집의 밝고 건강한 아이들은 나에게 긍정적인 에너지를 주는 소중한 존재지만, 내 머릿속 어두운 부분, 아픈 부분은 또 어디선가 고통받고 있을 동물들을 향해 있다.

나는 온몸이 털로 덮인(물론 다른 걸로 덮여 있어도 마찬가지지만) 동물들을 사랑한다. 이 사랑은 인간에게는 줄 수 없는 그런 종류의 것이다. 사람과 사람 사이에 느낄 수 있는 사랑도 고차원적인 것이 분명 존재하지만, 나라는 사람은 그런 종류의 사랑을 동물과 하고 있는 셈이다. 그리고 그 사랑의 종류는 어찌 보면 뜨겁기보다는 오히려 파리한 연민과도 같다. 그 연민에서 비롯된 감정이 따스한 온기로 바뀌어 나에게 돌아올 때 나는 무한한 행복감을 느낀다. 그래서 아마도 나는 동물을 돌보면서 그들의 변화를 지켜보고 응원하는 일이 적성에 딱 맞는가 싶다.

끝

여름

32마리 개들의 여름나기

이번 여름은 지독히 더웠다. 내가 사는 곳은 남쪽 지방이지만, 숲속이어서 서울보다는 시원한 여름을 보낼 수 있는 곳이다. 하지만 이곳도 이번 여름에는 무섭게 내리쬐는 태양에 속절없이 타들어 갔다. 그저 에어컨을 틀고 실내에서 여름이 지나가길 기다리는 수밖에 없었다.

그렇다고 아이들의 산책을 거를 수는 없는 일. 아침 산책은 새벽 5시에 나선다. 아직 새벽하늘에 별들이 총총히 떠 있는 길을, 새들도 일어나기 전이라 그저 벌레 소리만 들리는 길을 아이들과 함께 걷는다. 발소리들이 타박타박 리듬을 탄다. 가끔 불어오는 시원한 바람이 더위에 지친 우리를 소리 없이 위로한다.

낮이 찾아오면 편백이는 여지없이 혀를 내밀고 헐떡인다. 심장이 안 좋은 편백이가 지칠세라 에어컨을 부랴부랴 틀어본다. 실내 공기가 차가워지면서 편백이의 호흡도 잦아든다. 답답하다고 실내와 실외를 오가던 아이들도 요번 여름만큼은 전부 실내를 떠날 줄 모른다. 각자 집안에 자리 잡고 낮잠을 즐기든지 꽁냥꽁냥 서로 장난치면서 실내 생활에 점점 익숙해진다. 유독 실내를 답답해하는 진순이와 행복이만 바깥에서 지냈지만, 한옥 마루 밑에 흙을 파고 들어가서 이 여름을 이겨내고 있다.

그렇다고 실내에서 애들과 지내는 시간이 마냥 편한 것은 아니다. 나가서 놀아야 집안이 깨끗하게 유지되는데, 아이들이 종일 집에 있으니 온갖 물건을 물어뜯고, 배뇨도 아무 데나 해놓고, 허리 펼 시간이 정말

소복이와 은복이가 시원한 공기가 마음에 드는지 깊은 잠에 빠졌다. 둘이 장난치다 얼굴을 포개고 잔다.

다들 물가로 모여들었다.

없다. 또, 나만 바라보며 사랑을 더 갈구하니 문어발처럼 손이 여러 개인 나를 상상하기도 한다.

그렇게 끝나지 않을 것 같은 태양의 열기가 조금은 주춤해지는 저녁이 오면 아이들과 다시 오후 산책길에 나선다. 아직 더위가 채 가시지 않았지만, 다행히 나무와 숲이 만들어 주는 그늘에서 산책할 수 있다. 숲은 언제나 좋다. 그 푸르고 싱그러운 그늘은 더위를 씻기에 충분하다.

비가 오지 않을수록, 가시지 않는 더위에 빼놓을 수 없는 것이 물놀이다. 우리 아이들이 워낙 많은 데다가 요즘 대형견을 보는 시선도 좋지 않아 개울 물놀이는 언감생심, 꿈도 못 꾼다. 하지만 다행히도 논둑 옆에는 항상 작은 개울이 생긴다. 아이들은 그곳에서 물장난도 치고, 몸을 물에 담근 채 앉아 쉬기도 한다. 그 모습을 보면 나도 덩달아 신발을 벗고 차가운 물에 발을 넣어본다. 그 시원함과 청량함은 이루 말할 수 없이 상쾌하다. 그렇게 산책 가는 길에 한 번, 돌아오는 길에 한 번, 아이들과 즐기는 물놀이도 여름에만 즐길 수 있는 기쁨이다.

왁자지껄 소란스러웠던 한여름의 하루가 가면 나는

가만히 불을 끄고 사랑스러운 개들의 등에 얼굴을 묻고 잠을 청한다. 한여름 밤, 칠흑같이 어두운 밤에 반딧불이가 반짝반짝 날아든다. 달이 뜨면 더할 나위 없이 좋을 이 밤에 나는 아이들과 함께 소록소록 잠이 든다.

상처 입은 어린 생명과 예복이의 모성애

나는 여느 때와 마찬가지로 보호소에 봉사하러 갔다. 아이들 밥과 물을 챙겨주는데, 못 보던 강아지 2마리가 있었다. 어미랑 떨어지기엔 너무 어린 녀석들이었다. 근데 한 마리의 등에 심한 상처가 있었다. 큰 개에게 물린 것 같은 상처가 네 군데 정도 있었다. 아이는 그 상처가 아픈지 잔뜩 웅크리고 미동도 하지 않았다. 그래서 처음에는 죽은 줄 알았는데, 자세히 보니 숨을 나지막이 쉬고 있었다. 상처를 좀 더 자세히 보려고 그 아이를 우리에서 꺼냈다. 상처는 생각한 것보다 훨씬 심했고, 여름에 치료도 없이 방치한 탓에 구더기 몇천 마리가

상처 속에서 꿈틀대고 있었다. 그냥 상처가 나 있어도 짓물러서 아플 텐데 구더기가 살을 파먹고 있으니 아이가 느낄 고통은 말로 표현할 수 없는 지경일 것 같았다.

두 번 생각할 것도 없이 그 아이를 차에 태웠다. 그러고 나서 보니 그 옆에 똑같이 생긴 작은 강아지가 나를 빤히 바라보고 있었다. 같은 배 새끼 같아 보였다. 그 눈빛이 너무 간절해 보여 차마 너는 여기서 살라고 하고 가버릴 수가 없었다. '에라, 모르겠다' 하는 심정으로 안 아픈 아이도 차에 태웠다. 간단한 입양지에 서명하고 차에 탔다. 안 아픈 아이는 격정적으로 나에게 파고들면서 감정을 표현했지만, 아픈 아이는 그저 내 품에 안긴 채 조용히 집으로 왔다.

나는 원래 구더기를 조금 무서워한다. 두꺼비, 뱀(뱀은 조금 무섭다) 이런 것들은 다 안 무서운데, 유독 곤충류는 무서워한다. 특히 지네와 구더기가 가장 무섭다. 그 무서운 구더기가 눈앞 강아지의 상처에 셀 수 없이 많이 있었다. 나는 심호흡을 크게 한 뒤 꿈틀거리는 구더기를 하나씩 핀셋으로 잡아냈다. 30분이 넘도록 잡다 보니 손에 마비가 올 것 같았다. 그래도 다시 집중해서 구더기를 계속 잡았다. 정신을 차려보니 1시간쯤 지났다. 구더기는 더 보이지 않았다. 상처를 깨끗한 식염수로

닦은 뒤 소독하고, 연고를 바르고, 붕대로 감았다. 그 긴 치료 시간 동안 아이는 단 한 번의 저항도 하지 않았다. 그저 조용히 견딜 뿐이었다.

그렇게 그 아이들은 나의 '바둑이'와 '얼룩이'가 되었다. 복 자 돌림 이름에 한계를 느끼고 있어서 아예 촌스러운 이름을 붙여주기로 마음먹었다. 아픈 아이가 바둑이, 그 동생이 얼룩이. 바둑이의 상처는 빠르게 아물어갔다. 새끼들의 치유 능력은 언제 보아도 감탄스러울 정도다. 이렇게 조금의 치료로 좋아질 수 있는데, 얼마나 많은 아이가 치료조차 받지 못하고 고통 속에서 지낼지 아득하다.

바둑이는 건강을 되찾아 가며 얼룩이와 밥도 잘 먹고, 잘 싸고, 잘 놀면서 우리 집에 잘 적응해 나갔다. 그런데 예복이의 행동이 조금 이상했다. 바둑이와 얼룩이가 왔을 때부터 유독 관심을 보였다. 나는 혹시나 사고가 날까 두려워 예복이를 아이들과 떨어뜨려 놓았는데, 좀처럼 아이들 방 앞에서 떠날 줄을 몰랐다. 바둑이가 조금씩 괜찮아질 무렵 예복이와 살짝 인사를 시켜주었다. 그러자 예복이가 마치 떨어져 있던 자기의 새끼를 만난 듯이 쉴 새 없이 아이들을 핥아주었다. 아이들도 그런 예복이가 싫지 않은지 예복이 곁에 있었다.

예복이의 과거를 나는 잘 모른다. 보호소에서 만났고, 그 이전은 알지 못한다. 개 농장에서 키우는 종이라는 사실과 젖의 상태를 보아 새끼를 꽤 낳아본 적 있는 것 같다고 짐작할 뿐이다. 새끼들과 어떤 헤어짐을 경험했는지, 예복이는 바둑이와 얼룩이를 마치 자기 새끼 돌보듯 했다. 어미와 너무 빨리 떨어진 바둑이와 얼룩이는 예복이의 젖을 빨기 시작했다. 젖도 안 나오지만, 예복이는 그런 아이들을 조용히 품어주었다.

얼룩이는 이제 많이 커서 잘 안 찾지만, 바둑이는 간간이 예복이의 젖을 찾는다. 이제는 이빨이 많이 나서 젖이 아플 텐데도 예복이는 꾹 참고 품어준다. 내가 못 하게 떼어내곤 하지만, 예복이는 화를 내거나 일어나서 가버리지 않는다. 예복이는 항상 아이들을 품으며 잠이 들고, 깨어 있는 동안에는 새끼들 이곳저곳을 핥아준다. 예복이 덕분에 나는 새끼들을 키우면서 힘들거나 하지 않았다. 물론 아직 화장실을 못 가려서 그게 좀 그렇지만, 육아를 예복이가 도맡아서 해주니 얼마나 고마운지 모른다. 진짜 혈연관계도 아닌데 작고 여린 생명을 보듬어 품는 예복이의 모습은 무척 아름답다.

미운 7살 소복이

미운 7살이란 말이 있다. 7살 때 유독 말을 안 듣고 자기 멋대로 굴며 말썽을 피운다 하여 생긴 말이다. 생후 7개월이 된 소복이에게 딱 어울리는 단어인 것 같다. 요즘 소복이는 일명 '개춘기'라 불리는 시기에 들어서고 있다. 보통 개춘기는 생후 8~13개월에 나타난다고 한다. 개춘기가 왔는지 모르고 지나가는 경우가 흔하지만, 딱 중2 아들을 키우는 것과 흡사한 정도로 말썽을 부리는 녀석도 간혹 있다. 소복이는 당연히 후자다.

나는 예전부터 유기견만 키우다 보니 성견이 된 아이들을 내 가족으로 맞았다. 그러다 보니 문제 행동이 있어도

내 슬리퍼를 물고 멀리도 달아났다.
어느 정도 거리를 유지하며 절대 돌려주지 않는다.

적절한 훈련 시기(생후 6개월~1년)를 벗어난 때라 교정하기가 쉽지 않았다. 그래서 우리 개들은 대부분 말을 잘 듣지 않고 모두 제멋대로다. 그럴 때마다 엄마는 내가 애들 교육을 잘못한다며 타박하시곤 한다. 하지만 나는 그때마다 나의 교육에 문제가 있기보다는 시기상의 문제라고 반박한다. 그리고 언젠가 강아지를 키우면 정말 열심히 교육해서 예절 바른 아이로 키우겠노라 다짐했었다.

그리고 어느 날 강아지의 모습을 하고 소복이가 혜성처럼 등장했다. 드디어 나의 교육이 틀린 것이 아님을 증명할 기회가 찾아온 것이다. 행동학도 공부한 나였다. 작은 훈련부터 시작해서 학습기인 6~8개월 때 집중적으로 교육하면 TV에서만 보던 천재 견을 만들 수 있을 거로 생각했다. 어린 소복이는 제법 똘똘한 아이여서 교육할 자신이 있었다. 하지만 결과는 참담했다. 슈퍼 울트라 말썽꾸러기가 탄생한 것이다!

나는 아픔이 있는 아이들을 보듬던 방식과 조금도 다름없이 소복이를 대했다. 무조건 사랑해 주기! 그것이 나의 양육 방식이었던 셈이다. 그리고 실제로 나는 소복이를 너무너무 넘치도록 사랑한다. 그래서 소복이가 무슨 잘못을 해도 혼을 잘 낼 수가 없었다. 부주의한

우리 집 문이 처음부터 개방형은 아니었다.
첫 공사를 시작하신 분은 역시나 소복이.
내가 외출한 사이 첫 구멍을 뚫고 의기양양하게
고개를 내밀고 있다.

나의 잘못이라고 생각했다. 하지만 소복이는 점점 도가 지나쳐 급기야 작고 약한 아이들을 괴롭히기 시작했다. 고양이들도 더 이상 소복이와 동등하게 장난치는 대상이 아니다. 괴롭힌다기보다는 장난을 치는 것인데, 장난을 아프게 물고 때리고 하니까 상대는 칠색 팔색하는 것이다.

또, 내가 방에서 나와 신발을 신으려고 하면 신발 한 짝을 물고 도망가고, 방으로 들어와 슬리퍼를 신으려고 하면 슬리퍼 한 짝을 물고 잽싸게 튄다. 매번 한바탕 실랑이해야 방에 들어가고 나올 수 있다. 그뿐만이 아니다. 창틀에 올라가기, 내 손 물기, 가구 갉아놓기, 휴지며 종이며 보이는 대로 찢어놓기 등등 모두 나열하기 힘들 정도다. 주체할 수 없는 힘을 해소하기 위해 산책도 길게 해주는데, 조금 자고 일어나면 또 힘이 샘솟는다. 눈에 넣어도 안 아픈 내 새끼지만, 다른 아이들도 모두 소중하기에 괴롭히는 장난만큼은 못 하게 하고 싶은데, 아직 그 방도를 찾을 수가 없다.

귀염 귀염 열매를 먹었는지 말썽을 부려도 귀여운 소복이를 혼내기는 쉬운 일이 아니다. 그래도 소복이의 폭주를 막기 위해 큰마음 먹고 혼을 내보지만, 우리 소복이는 또 그렇게 넉살이 좋다. 혼나도 혼난 줄을 잘 모른다. 장난치는 줄만 알고 신나게 이리 뛰고 저리 뛰고 한다. 냉정하게 대하면 내 얼굴이 침 범벅이 될 때까지 핥고 또 핥는다. 그러면 용서를 안 해줄 수가 없다. 참 대책이 안 서는 악동이다.

그래도 그저 건강하게 큰 것만으로도 고맙기 그지없다. 다른 아이들을 괴롭히는 짓만 하지 않으면 더 바랄 게 없다. 자는 모습은 천사가 따로 없는데, 그 까만 눈을 뜨는 순간 말썽꾸러기로 돌변하니… 소복이 때문에 나는 아이들을 사랑하는 일만 잘하고 교육은 정말 빵점이라는 것을 깨닫고 있는 요즘이다. 이번에도 또 엄마 말이 맞았다. 어쨌건 방법을 찾아야겠다.

빛 좋은 개살구

빛 좋은 개살구라는 말이 있다. 겉만 그럴듯하고 실속이 없는 경우를 이르는 말이다. 나는 이런 속뜻은 알고 있지만, 종종 그 빛에 현혹되어 개살구를 맛보는 일을 범하고 만다. 서울에 있을 때 많이 저질렀다. 날씨가 추워 외투를 사러 가면 따뜻하고 투박한 외투보다는 얇고 날씬해 보이는 디자인에 더 눈길이 갔다. 결국에는 겨우내 덜덜 떨며 지낸 적이 한두 번이 아니었다.

대학을 막 졸업하고 진학한 대학원에서도 나의 빛 좋은 개살구 행보는 계속되었다. 다른 과와는 달리 내과는 세미 정장을 입어야 하는 규율이 있었다. 15시간 병원 근무라는 악조건 속에서도 나는 정장에 어울리는

해복이가 나를 한심하게 바라보고 있다.

굽 높은 신발을 포기하지 않았다. 편한 신발을 신고 종횡무진 돌아다녀도 모자랄 판에 나는 남들의 시선을 의식했으며 결국 '곧 죽어도 하이힐'이라는 별명을 얻게 되었다.

그런 빛 좋은 개살구를 쫓는 삶도 시골 생활에 접어들면서 점차 멀어지게 되었다. 그저 실용적인 것이 최고고, 나의 아이들만 편하다면 그 무엇도 상관하지 않게 된 것이다. 몸에 꽉 맞는 옷들은 아예 자취를 감춘 지 오래다. 편하게 막 입어도 되는 옷이 옷장이 찼다. 신발은 운동화 아니면 단화만 신는다. 옷에는 항상 개털이 가득하고, 신발에는 흙이 항상 묻어 있는 삶이니 좋은 옷과 신발을 신는다는 행위 자체가 웃기는 일이다.

이렇게 남을 의식하는 삶에서 자유로워졌다고 자부하던 내게 최근에 또다시 스스로 돌아보게 하는 일이 있었다. 어느 날 갑자기 좋은 자리를 제안하는 메일 한 통이 왔다. 내실이 어떻든 남들이 들으면 모두 부러워할 만한 자리였다. 하지만 그 자리에 가려면 이곳이 아닌 다른 지역으로 가야만 했다. 처음에는 혹하여 일단 얘기나 들어보자는 마음으로 미팅을 두 번 했다. 다시 화려한 삶으로 복귀할 수 있을 것 같은 달콤한 소리가 오고 갔다.

그때까지만 해도 직함에 눈이 멀어 그 실체에 관해서는 별로 알려고 하지도 않았다. 그러나 3번째 미팅에서 나는 그 자리에 가장 중요한 동물이 빠져 있다는 사실을 알게 되었다. 아무도 동물에게는 관심이 없었으며 (나조차도) 그 자리가 얼마나 영향력이 있는지, 으스대기 좋은 자리인지만 초점이 맞추어져 있었다. 나는 갑자기 정신이 한순간에 돌아왔다. 그야말로 빛 좋은 개살구에 또 현혹되었다는 사실을 깨달았다. 그리고 그 빛깔에 마음을 빼앗겼다는 사실에 우리 아이들의 눈을 쳐다보기도 어려울 정도로 미안했다. 그런 자리에 가려고 잠시나마 이곳 생활을 뒤로 하고 떠나려고 했다는 사실이 믿을 수 없었다. 이곳은 내 생명과도 같은 곳이며, 나라는 사람 그 자체를 설명해 주는 곳이 아닌가.

한 번뿐인 인생인데 남들 보란 듯이 세상의 중심에서 살아보고 싶지 않은 사람이 있겠냐마는, 나는 이곳에 오면서 그 모든 욕망을 버리고 왔다. 더 귀중한 것에 눈을 떴다는 표현이 더 맞을 것이다. 세상의 중심은 매우 좁고 그 주변은 매우 넓음을, 그리고 그곳에는 소외당하고 버림받은 생명이 즐비하다. 나를 진정으로 필요로 하는 곳이 중심에서 가장 먼 바로 이곳이라는 사실을 깨달았던 것이다. 그런 내 마음속에 아직도 걸만 번지르르한 삶을 살고자 하는 욕망이 숨어 있었다는 사실에 놀라움을 금치 못했다. 그리고 남에게 보이는 것이 전혀 중요하지 않다는 사실을 태어나면서부터 알고 있는 나의 아이들에게 너무 부끄러웠다.

지금은 다시 평화로운 일상으로 돌아왔다. 삶은 여전하다. 아침에 일어나면 아이들과 새벽 산책을 나가고, 햇살 좋은 오후에는 마당에서 아이들과 시간을 보내고, 해 지기 전 저녁 산책을 나가고, 밤이 오면 아이들과 함께 잠을 청한다. 이런 일상이 세상을 바꾼다거나 내 이름을 드높이지는 못하더라도 적어도 39마리 생명에게는 꼭 필요한 것임을, 나를 살리는 삶임을 나는 이제 안다.

내가 등장하면 떠들썩해지는 아이들을 보면서 엄마는 "너는 아이돌 부럽지 않겠다?"고 하신다. 그렇다. 나는 아이돌 못지않은 열렬한 팬들을 거느리고 있으니 그 무엇이 부러우랴.

낮은 곳에 내려왔을 때 보이는 것들

얼마 전 일이다. 큰외삼촌께서 돌아가셔서 서울의 한 장례식장에 사촌이 전부 모였다. 사촌들은 대부분 의사, 회계사, 교수 등 소위 '잘나가는' 사람들이다. 그 자리에서 나는 위축될 수밖에 없었다. 나는 그저 시골의 수의사에 지나지 않으니까. 내가 강아지와 고양이를 몇 마리 키우는지, 내가 얼마나 행복하게 내 삶에 만족하고 있는지는 중요하지 않았다. 나는 그저 나이 많은 미혼 여성 그 이상도 이하도 아니었다.

나와 같은 또래의 사촌들은 모두 결혼해서 가정을 꾸리고, 예쁜 아이도 낳아서 함께 다니는데, 나는 어디에 끼어 있어야 할지 갈팡질팡했다. 마치 혼자 길을 잃고 헤매는 듯했다. 남들은 다 똑바로 난 길을 걸어가는데, 나만 샛길로 빠져서 정처 없이 방황하는 것 같았다. 특히 우리 아이들 없이 홀로 서울 한복판에 떨어진 나는 시금치를 못 먹은 뽀빠이처럼 아무 힘이 없었다. 이런 생각이 들 때마다 나를 잡아주는 것은 우리 아이들인데, 그들이 없으니 한없이 뒤죽박죽 얽혀버린 실타래를 혼자 끙끙대며 풀려고 애쓰는 것 같았다. 아이들이 있었다면 분명 그 골치 아픈 실타래를 단숨에 낚아채 가지고 달아나 버렸을 것이다. 내 삶은 남들과 다른 것일 뿐 틀린 것이 아니라고 유쾌하게 나를 위로해 줬을 녀석들이 몹시도 그리운 자리였다.

조금은 우울한 마음으로 집에 돌아온 나는 찬찬히 내 삶을 되짚어 보았다. 남들에게 내세울 것 없는 삶이지만, 부끄러운 삶은 아니었다. 그리고 실패했다고 느꼈을 때 더 많은 것을 배웠음을 떠올렸다. 한 예로 나는 영국 유학 당시 무척 힘들었다. 타지에서의 삶 특히 아이들과 떨어져 지내는 삶은 내가 예상한 것보다 훨씬 힘들었다. 또한 알게 모르게 겪는 인종차별은 큰 상처가 되었다. 그때 나는 절망만 하기보다는 이 세상의 약자들 그리고 더 나아가 말 못 하는 동물을 위해 반드시 선행을 베풀겠다고 다짐했다.

처음 이 시골에서 살기로 마음먹었을 때 가장 먼저 일자리부터 찾았다. 하지만 시골에서 소동물 수의사가 일할 곳은 없었고, 나는 조금은 긴 시간 동안 무직 상태로 지내야 했다. 그 경험은 좌절감보다는 가족의 소중함을 되새기는 계기가 되었다. 서울에서 살았다면 나는 그저 내가 잘난 줄 알고 지냈을 것이다. 부모님의 사랑과 헌신 따위는 안중에도 없었을 것이다. 하지만 뜻하지 않은 이 힘든 기간 덕분에 나는 나를 믿어주고 응원해 주는 부모님을 보면서 어디서도 받을 수 없는 따뜻한 사랑을 느끼게 되었다.

쓸모없는 세월은 없다고 한다. 성공만 하는 인생이었다면 낮은 자리에 있는 동물들을 이렇게 품지 못했으리라. 내가 걸어온 삶이 지금 이 순간으로 나를 이끌었다. 이런 인생을 사는 나는 이곳 시골에서 내 주위에 호위무사 여럿을 이끌고 다니며 행복한 일상을 살아간다. 아무도 모르겠지만, 사실 누구도 부럽지 않은 삶을 말이다.

그나저나 나의 3일간의 부재로 아이들이 전부 설사병에 걸렸다. 스트레스를 많이도 받았나 보다. 이렇게 나의 아이들과 떨어지는 일은 나도 고생, 아이들도 고생이니 앞으로 정말 딱 붙어 지내야겠다는 생각이 든다. 갑자기 주인을 잃고 헤매는 유기 동물들은 얼마나 힘들까. 더 많은 생명에게 더 많은 힘이 될 수 있도록 더 열심히 살아야겠다. 나의 아이들은 주사도 맞고 약도 먹고 내 곁에서 새근새근 자고 있는데, 다른 아이들도 부디 따뜻한 곳에서 손길을 받고 있기를 간절히 기원한다. 나는 오늘도 열심히 치우고, 자는 아이들 배도 문질러주고, 빨리 낳으라고 기도도 하며 지냈다. 어느덧 하루해가 저물었다.

생명의 경중을 따질 수 있을까?

얼마 전 나의 사랑스러운 축복이가 저 하늘 위의 별이 되었다. 갑자기 아프기 시작하여 일주일이 되던 날 나를 떠나갔다. 나는 하늘이 무너지는 아픔을 느꼈고, 수의사로서 살리지 못했다는 자책과 보호자로서 그 아이를 아프게 했다는 슬픔을 그대로 안아야 했다. 나와 함께하며, 축복이는 행복했을까. 최선을 다한다고 해도 다둥이 엄마인 나는 항상 아쉬움이 남는다. 더 잘해주고 싶었는데, 더 많이 사랑한다고 말해주고 싶었는데. 그 아이는 이미 다시 볼 수 없는 곳으로 훨훨 날아갔다.

생명의 불이 꺼지는 순간을 나는 많이 보았다. 직업이 수의사이기에 동물 병원에서 수많은 죽음을 목격해야 했고, 아이들을 많이 키우다 보니 이런저런 일로 세상을 등지는 아이들을 가슴에 묻어야 했다. 하지만 매번 겪을 때마다 그 아픔은 좀처럼 익숙해지지 않는다. 익숙해지기는커녕 매번 두렵고, 부정하고 싶은 마음뿐이다.

그렇게 아픈 마음을 부여잡고 살아가던 어느 날, 아이들의 물통에 빠져 있는 거미 한 마리를 보았다. 나는 그 거미를 살려주려고 막대기로 꺼내서 바닥에 놔주었지만, 거미는 이미 죽은 뒤였다. 나는 대수롭지 않게 여겼다. 그러다 불현듯 왜 같은 생명의 죽음인데 이렇게도 무게감이 다를까 하는 생각이 들었다. 나는 사실 이 질문의 답을 아주 오래전부터 궁금해하고 있었다. 어릴 적 거미줄에 걸린 나비를 보고 나비를 구해야 할지 거미의 밥이 되게 하여 거미를 살게 해야 할지 몰라 무척 고민했었다. 크면서 자연의 섭리대로 두어야 한다는 생각을 가지며 이런 고민에서 조금은 자유로워졌지만, 나는 여전히 생명 간의 차별을 어떻게 다루어야 할지 몰라 갈팡질팡한다.

여전히 나는 사람의 죽음과 동물의 죽음 사이에서 그 어떠한 차이점도 발견할 수 없는데, 많은 이들은 그

둘을 전혀 다르게 바라본다. 생명 존중을 굳이 곤충과 식물에까지 확장하지 않더라도, 고통과 기쁨을 아는 게 확연히 보이는 동물만이라도 평등하기를 바라는 것은 무리일까? 어렸을 때는 이런 물음에 답해줄 이가 없었다. 하지만 지금은 동물 윤리를 살펴보며 어렴풋하게나마 나와 생각을 같이하는 철학자들이 있음을 안다. 대표적인 동물 철학자로 알려진 피터 싱어는 《동물 해방》이라는 책에서 다른 종보다 자기 종의 이익을 우선시하는 '종 차별주의'를 비판했다. 고통과 쾌락을 느낄 수 있는 모든 종의 이익은 평등하게 대우해야 한다고 주장했다. 하지만 공리주의자였던 피터 싱어는 절대다수의 이익을 위한 소수 동물의 희생은 용납될 수 있다는 견해를 가지고 있었다.

두 번째 철학자는 동물 권리론을 주장한 톰 레건이다. 톰 레건은 동물이 고유한 또는 본래적 가치를 지닌 삶의 주체로서 존중받을 권리가 있다고 했다. 동물은 수단이 아닌 목적이며, 인간이 판단하는 유용성 여부에 따라 그 가치가 결정되지 않는다고 주장했다. 내 생각과 무척 흡사해서 나는 동물 권리론에 환호를 보냈다. 하지만 단점은 모든 동물의 이용을 금하는 것은 현실적으로 불가능하다는 것이었다. 비록 나의 길은 내면에 자리 잡은 생각과 일치했지만, 좀 더 현실적인 대안이 필요했다.

그래서 내가 선택한 것이 '동물 복지'였다. 동물 복지는 동물을 이용하는 것은 용납하지만, 모든 과정에서 동물에게 인도주의적인 대우를 해줄 것을 주장하고 있기 때문이다. 동물을 이용하더라도 동물이 사는 동안 행복을 보장하고, 죽음을 맞이하는 순간에도 고통을 최소화하자는 것이다.

내가 거미의 죽음에 눈물을 흘리지 않는 것처럼 어떤 사람들은 동물의 죽음에 전혀 동요되지 않는 것일까? 감정적으로 동요되지 않는다고 하더라도 동물은 우리와 같은 도덕적 지위를 가지고 있다는 사회적인 합의가 이루어지면 사람들의 이기적인 행동이 줄어들까? 거미의 죽음에 눈물을 흘리지는 않지만, 거미를 함부로 대하는 일이 옳지 않다고 여기는 것처럼 말이다. 앞에 소개한 어느 주장이라도 다수의 사람이 선택해서 동물의 처우가 나아지길 바란다. 인식이 변하는 데는 시간이 걸리겠지만, 언젠가는 동물과 인간 모두 행복할 수 있는 날이 오리라고 믿어 의심치 않는다.

안락사 그 후

어느 날 우리 집에서 가까운 곳에 군에서 운영하는 동물 보호소가 생겼다. 그때부터 나는 보호소에 일주일에 두 번씩 봉사를 다니기 시작했다. 여느 보호소가 그렇듯 그곳도 열악하기 그지없었으며 관리는 잘 안되었다. 턱없이 부족한 인원과, 처음부터 잘 설계된 보호소가 아닌 그때그때 들어서는 철창형 수용 시설은 아이들에게도 관리하는 사람에게도 좋지 않다.

내가 방문할 때마다 아이들은 똥 발에서 굴러다니다 못해 좁은 밥그릇 위에 위태롭게 서 있기 일쑤였고, 밥과 물도 항상 비어 있었다. 가장 기초적인 부분이 되어 있지 못하다 보니 나는 언제나 그곳에 가면 슬펐고, 돌아올 때는 봉사를 했다는 뿌듯함보다는 그들을 그곳에 두고 돌아설 수밖에 없는 현실이 안타까웠다. 그들을 외면하는 아주 간단한 방법이 있지만, 나는 그러지 못했다.
잿빛으로 가득한 그들의 삶에 잠깐이라도 반짝이는 시간을 주고 싶었다. 보호소에 갈 때마다 내 마음에는 상처가 남았지만, 나는 계속 부딪치기로 했다. 그게 내가 그들에게 해줄 수 있는 유일한 것이었다.

그곳에서 나는 몇 아이를 입양했지만, 이미 너무 많아진 나의 아이들이 있는 곳에 계속해서 새로운 아이를 데리고 올 수는 없었다. 그리고 그것은 해결책이 될 수 없었다. 그렇게 그곳에 다니면서 아이들이 보호소를 꽉 채우고 나서 진행되는 안락사를 여러 번 지켜보았다.
그날도 어김없이 보호소로 향했을 때 무언가 느낌이 좋지 않았다. 도착한 보호소에는 새로 온 아이들 몇 마리만 남기고 모두 사라진 뒤였다. 가슴이 덜컥 내려앉으며 그간 내 눈앞에 살아서 꼬리치던 아이들의 얼굴이 떠올랐다. 그리고 슬픔보다는 미안한 마음이 무겁게, 아주 무겁고 둔탁하게 가슴에서 내려앉았다. 그들을 죽음으로 내몰아서가 아니었다. 그들의 삶이, 죽음 이전 이승에서의 삶이 전혀 행복하지 못했다는 데서 온 미안함이었다.

언제나 세상에서 가장 힘들어 보이는 환경 속에서도 연신 꼬리를 치며 서로 자기를 봐달라고 울며 철창에 매달리던 아이들. 언제나 작은 간식에 기뻐하고, 물과 밥을 주는 것에 감사했다. 나의 아이들이 누리는 뽀송하고 부드러운 잠자리 하나를 그들에게 내어주지 못했다. 마음껏 달리고 자유를 누리는 산책 한 번 해주지 못했다. 그 아이들은 가혹한 세상을 온몸으로 견디다 별이 되었다.

나는 지금 이 지긋지긋한 고리를 끊어내고 싶은 마음뿐이다. 중성화는 필수가 되어야 하며, 강아지 공장은 사라져야 하고, 모든 형태의 분양 대신, 입양 문화가 자리 잡혀야 한다. 세상에는 너무 많은 생명이 태어나고, 그 생명은 행복 대신 불행이라는 옷을 입고 살다가 사라진다. 그 누가 그 생명에게 그럴 자격이 있다는 것인가. 나는 그것이 신의 뜻이라고 하더라도 그 신을 용서할 마음이 없다.

보호소에서 시체 썩는 냄새가 났다. 돌아보니 폐기물 비닐봉지에 아이들이 아무렇게나 구겨 넣어져 있었다. 그 주위는 악취와 구더기가 들끓고 있었다. 역하지 않았다. 저들은 죽어서도 저런 취급을 받는구나, 하는 생각이 들었다. 그 생명들이 얼마나 예뻤는지 얼마나 생생했는지 기억하는 사람은 이곳에서 아마도 나뿐일 것이다. 그래서 나는 잊지 않을 것이다. 마음이 아프더라도 기억하고 또 기억할 것이다. 그들이 고통에서 해방되어 저 먼 곳에서 해맑게 웃고 있기를 바라면서 말이다.

가을

가을이 물드는 숲속의 집

마음이 깊어지는 계절, 가을이 이곳에도 내려앉았다. 숲속은 온통 울긋불긋한 나무와 잎사귀로 뒤덮였다. 숲길을 걷노라면 나도 물드는 것 같아 마음이 오렌지 빛깔을 띤다. 감나무에는 감이 주렁주렁 달리고, 배나무에는 배가 주렁주렁 달려 있다. 사람의 손이 닿지 않은 지금 이곳은 그야말로 풍요로운 가을을 맞이했다.

잘 익은 감을 아빠가 수레 가득 따 오신다. 그럼 엄마와 내가 좋은 것을 골라 평소 감사한 분들께 선물로 드리기 위해 상자에 담는다. 그리고 남는 감으로는 감말랭이를 만든다. 이런 과정을 나의 아이들은 감을 얻어먹기도 하면서 구경한다. 실외에서 작업할 때는

우리 집에는 큰 은행나무가 한 그루 있다.
여름에는 시원한 그늘을 드리우고,
가을에는 온 데 노랗게 물들인다. 참 고마운 존재다.

밖에서 놀면서 지켜보고, 실내에서 작업할 때는 꾸벅꾸벅 졸면서도 곁을 떠나지 않는다.
소복이는 혼자 제일 뽀송한 침대 위에서 잠이 들었고, 다른 몇몇은 내가 힘들여 깔아놓은 이불을 서로 잡아당기고 이리저리 끌고 다니다가 아무 데나 팽개치고 그 위에서 잠이 들었다. 얘들은 아무래도 반듯하게 깔린 이불을 가만두기가 너무나 어려운 듯하다. 어떻게든 이불을 지저분하게 만들어야 그 위에서 잘 맛이 나는 모양이다.

또 다른 아이들은 분리수거하려고 모아둔 플라스틱병들을 내가 잠깐 자리를 비운 사이 모두 꺼내어 물고 뜯고 맛보고 있었다. 나의 등장에 각자 입에 물고 있던 병을 떨어뜨리고 후닥닥 도망가는 걸 보면 자신들의 행동이 올바르지 않음을 분명 알고 있는 듯하다. 나는 범인을 알면서도 괜히 큰 소리로 "이거 누가 이랬어?" 하고는 그냥 치우고 만다. 반성 중인 줄 알고 있던 바둑이와 꽃복이가 내 방에서 제2의 전투 중이었다. 반성도 안 하고 내리 놀고 있는 이 녀석들이 괘씸했지만, 한창 신난 아이들을 혼낼 수는 없었다.

동복이와 서복이는 때아닌 피부병을 앓고 있다. 아무래도 약을 먹이기 싫어서 연고만 발라주었던 것이 약했는지

도통 잡히질 않았다. 그래서 겨울이 곧 오고 있지만 털을 밀어야만 했다. 지금은 약욕도 시키고 해서 한결 좋아졌다. 그 작은 아이가 가려워서 힘들어하는 것을 보는 일은 정말이지 고통스럽다. 엘리자베스 칼라를 씌워주는 것만으로 간지러움이 사라지지는 않으니 아이가 잠들 때까지 쓰다듬고 또 쓰다듬고는 했다. 혼종견과 품종견을 키워보면 확실히 품종견이 병치레가 잦다. 서복이는 코카 스패니얼 특유의 고질병인 귓병을 달고 살고, 피부병도 잘 걸린다. 그리고 서복이가 피부병에 걸리면 시츄인 동복이도 꼭 어딘가를 긁고 있다. 그래서 나는 혼종견이 더 좋다. 절대 똑같은 아이가 없을 정도로 제각각인 아이들의 모습도 좋고, 특별히 손이 안 가게 건강한 것도 마음에 쏙 든다. 한번 혼종견의 매력에 푹 빠지면 헤어 나오기 어렵다. 부디 더 많은 사람이 혼종견의 다채로운 매력을 경험해 보길 바란다. 또한 똑같이 생긴 품종견을 만든다고 근친교배를 하는 일이 세상에서 사라지면 좋겠다. 여러 다양하게 생긴 아이들을 안고 모두 함께 웃는 그날이 오기를 바란다.

매일 매일 눈이 부시는 요즘이다. 일을 하다 창문으로 내다보면 언제나 푸르를 것만 같았던 나뭇잎들이 노란색으로 바래어 가고, 그 위에 햇살이 쏟아진다.

단풍나무 사이를, 단풍잎 위를 소복이가 사뿐사뿐 걸어가고 있다.

창가를 통해 들어온 노란 햇살을 맞으며 아이들은 단잠에 빠져 있다. 요 며칠 날씨가 많이 쌀쌀해져서 다들 집안으로 몰려들어 낮잠을 즐긴다. 아이들 수에 맞춰서 춥지 않게 담요나 방석을 깔아주고 있지만, '방석 파괴범'들이 도처에 도사리고 있어서 제 모습을 갖춘 방석을 찾기란 쉽지 않다. 말썽을 부리지 않으면 나의 아이들이 아니니 이 정도는 그냥 눈감아주고 넘어간다. 그래도 말썽 안 부리고 코코- 잘 때가 가장 예쁘기는 하다.

이렇게 우당탕탕 우리 가족은 끊이지 않는 사건, 사고 속에서 가을을 맞는다. 가을에는 사고 좀 안 치고, 서로 싸우지 않고, 내 말 좀 듣고, 착하게 그랬으면 좋겠다. 하지만 그런 일은 일어나지 않을 것이다. 그래도 괜찮다. 지금 모습 그대로. 무조건 사랑 듬뿍 주기, 그게 내가 올가을에도 해야 할 일이다.

내가 가장 행복한 순간

요즘 갑자기 밀려든 일 때문에 10월 내내 꼼짝없이 책상에 앉아 있었다. 그만큼 일을 많이 하면 좋으련만 일 처리가 유난히 느린 나는 그저 초조함만 커진다. 요즘 아침저녁으로 쌀쌀해진 탓에 이불 속은 유난히 매혹적이고, 심심하다고 투덜대는 아이들을 어르고 달래는 일이 힘에 부친다. "나도 일 때려치우고 나가 놀고 싶다, 이놈들아~"라고 말해봤자 아무런 소용이 없다. 들썩들썩하는 엉덩이들은 내가 일어나서 나가 놀아줘야 멈춘다.

번아웃이 된 것인지 도통 일도 손에 안 잡히고, 속절없이 흘러가는 시간에 답답해하며 하루하루를 보내고 있다. 추위에 유독 약한 나는 침대에서 일어나기가 점점 더 버겁고, 밤새 아이들이 어질러 놓은 방을 보면 "아이고~" 소리가 절로 난다. 산책도 해야 하고, 애들 밥도 줘야 하고, 방도 치워야 하는데... 내 몸은 그저 물에 젖은 것처럼 무겁기만 하다.

이럴 때마다 나는 가만히 내가 지금 얼마나 행복한지 떠올리려 노력한다. 행복은 아주 작은 것이라는 이야기는 귀가 따갑도록 듣고, 행운을 상징하는 네 잎 클로버가 아닌 흔한 세 잎 클로버가 행복을 뜻한다는 것을 알고 있다. 하지만, 실제로 이렇게 손 닿는 곳마다 행복이 지천이고, 순간마다 행복이 쏟아지는 삶을 살게 된 건 말썽꾸러기 아이들과 함께 시골에서 살면서부터다.
생각해 보니 나는 행복한 사람이다.

매 순간이 행복이어도 유독 내가 더 좋아하는 순간이 있다. 바로 아이들이 따뜻한 햇살 아래에서 신나게 뛰어노는 것을 보는 순간이다. 킁킁거리며 돌아다니고, 하늘을 향해 높이 뛰어오르기도 하는, 말하자면 개가 개답게 행동하는 모습을 볼 때 그렇게 흐뭇할 수가 없다. 아이들의 해맑은 표정에서 드러나는 행복은 나에게도 전염되듯 퍼진다.

점심 이후에 아이들과 햇살을 받는 시간을 갖는다.

또 뭐가 있을까. 나는 아이들이 주는 무게감이 좋다. 좁은 침대 위에 뒤엉켜 자다 보니 아이들은 다양한 무게감을 내게 선사한다. 예를 들면 나를 밟고 지나가는 발이 꾸욱 누르는 무게감이나 기대어 잠든 등에서 느껴지는 진득한 무게감, 그리고 내 다리나 팔에 고개를 올리고 잘 때의 따스한 무게감이 좋다.

아이들이 많다 보니 서로 다툴 때가 종종 있다. 다행스럽게도 상처가 나도록 싸우지는 않지만, 다투기 시작하면 빨리 가서 말려야 한다. 그런데 다투는 것이 아니라 서로 투덕거리며 장난을 칠 때 그 모습이 그렇게 좋다. 너무 많은 아이와 부대끼며 스트레스받을 만도 한데, 서로 장난치며 어울려 지내는 모습을 보면 그저 사랑스럽기 그지없다. 그러면서도 한편으로는 이렇게 나를 위해 노력해 주는 모습이 대견하고 고마워서 나도 그 사랑에 보답하고자 더 잘해줘야겠다는 생각이 든다.

또 다른 행복한 순간은 양다리를 쩍 벌리고 정신없이 자는 모습을 보는 것이다.
세상 두려울 것 없다는 듯이 긴장을 완전히 풀고 편안하게 잠든 모습을 보면 그래도 내가 안전하게 아이들을

지키고 있다는 생각에 절로 웃음이 난다. 또 그렇게 잠든 표정은 더 익살스럽게 보여서 우습다. 밖에서 떠돌며 편히 잠 한번 못 자봤을 아이들이 내 집에 와서 편히 자는 모습을 보면 어떻게 안 행복할 수 있을까.

내가 행복한 순간을 적다 보니 전부 동물 얘기뿐이다. 동물은 이렇게 행복을 주기 위해 내 삶 속으로 들어왔나 보다. 더 많은 아이를 거두지 못하는 것이 항상 마음에 걸리지만, 곁에 있는 아이들이라도 내가 느끼는 것만큼 행복하게 살아주었으면 하고 바랄 뿐이다. 이렇게 써 내려가다 보니 어느새 나도 충전이 된 기분이다. 이제 다시 행복하게 주어진 일들을 해나갈 수 있을 것 같다. 기쁜 마음으로 청소를 시작해야겠다!

우리와 사는 동물은 행복할까?

나는 이런 질문을 참 많이 한다. 나와 사는 동물들, 그들은 나를 만나 정말 행복할까? 나는 스스로 그들을 선택했지만, 나의 아이들은 나와 살겠다고 의사를 밝히지 않았기 때문이다. 너무 많은 수의 아이와 어울려 사는 것이 힘들지는 않은지, 나는 부족함 없는 보호자인지 끊임없이 묻고 고쳐나간다. 나는 반려동물의 보호자라는 개념이 여러 가지로 부모와 유사하다고 생각한다. 그들을 지배하는 역할이 아닌 보듬어 주는 사람이라는 점도 닮았다. 그리고 부모는 자식이 그리고 반려동물이 스스로 택한 것이 아니라 주어진다는 점도 그렇다. 하지만 세상에는 여러 모습의 부모가 있다. 반려동물에게도 사랑으로 돌봐주는 부모가 있고, 학대하는, 다시 말해 차라리 없는 게 나은 부모도 있다.

얼마 전에 내게 입양을 해달라는 부탁이 왔다. 이런 부탁은 원체 많이 오기 때문에 나는 입양할 수 없다고 정중히 거절했고, 며칠 전 그 아이가 입양을 가게 되었다는 세상 기쁜 소식을 접할 수 있었다. 나는 다행이라고, 정말 잘 되었다고 몇 번을 안도했다. 하지만 그 안도는 곧 잿빛으로 변했는데, 입양을 간 바로 다음 날 아침, 그 아이가 똥오줌을 못 가리고 아무 데나 싸놨다고 바로 파양을 보낸 것이었다. 차라리 그런 보호자에게 가느니 파양되는 게 낫다고 생각했지만, 그 아이에게 지울 수 없는 상처를 또 남겼다는 점에서 참을 수 없이 분노가 일었다.

나는 처음 아이를 입양하면 보통 3개월은 '죽었다' 생각한다. 3개월간은 나만 죽은 게 아니라 입양된 아이도 정말 힘든 기간이다. 내 경험상 보통 1개월이면 서로 적응하는 기간이 끝나기는 하지만, 길게 보아 3개월은 마음먹고 들어가야 한다. 이 기간에는 화장실 훈련도 하지 않는다. 입양된 아이는 극도의 혼란 상태에 있으며 자신의 존폐 위기 속에서 허우적댄다. 그런 아이에게 화장실 교육을 하는 것은 무리다. 무슨 교육이든 이 시기에는 하지 않는다. 이 시기에는 단 2가지만 한다. 다른 아이들과 싸우지 않고 섞일 수 있도록 돕는 일과 내게 마음을 열 수 있도록 열과 성의를 다해 사랑을 표현한다. 그 외에는 건강 상태만 체크한다. 아무 데나 싸면 어떠한가. 3개월까지는 건강하게 잘 살기만 해도 감사한 때다. 입양을 한다면 너무 조급하게 아이를 닦달하지 않아야 한다. 아이에게도 적응할 시간이 필요하다.

앞서 말했듯이 우리는 적어도 그 동물을 입양하겠다고 선택했다. 그러나 그 아이는 전혀 선택권 없이 우리에게로 온 거다. 그러니 선택에 따르는 수고스러움은 당연히 우리 차지인 것이다. 그 수고스러움을 생색내서는 안 된다. 반려동물에게 우리의 존재는 밥을 주는 사람이고, 산책을 시켜주는 사람이고, 간식을 주는 사람이며 언제나 사랑을 베푸는 아주 만만한 사람이어야 한다. 또한, 무방비 상태로 잠이 들어도 지켜주는 사람이고, 무서운 소리가 들리면 재빨리 뒤에 가서 숨을 수 있는 사람이기도 하다. 즐거운 경험을 할 수 있게 돕는 사람이고, 아플 때 병원에 데려가는 사람이며, 추운 날에는 따뜻한 곳에서 더운 날에는 시원한 곳에서 쉴 수 있도록 자리를 살피는 사람이다.

나는 생명을 책임지는 보호자의 '최소한의 역할'을 그렇게 생각한다. 앞의 모든 걸 해줄 자신이 없다면 절대 반려동물을 들여서는 안 된다. 이런 일들을 아주 기쁘게 기꺼이 해나갈 수 있는 사람만이 동물이 주는 변치 않는 사랑을 받을 자격이 있다. 세상에 존재하는 많은 비극은 보호자가 되지 말아야 할 사람이 누군가를 보호하겠다고 자처하거나, 책임과 의무에 대한 깊은 고민 없이 무작정 다른 생명을 끌어안는 것에서부터 발생한다.

나의 '최소한의 보호자 조건'이 모든 반려동물 보호자에게 당연하게 되는 날을 꿈꿔본다. 반려동물은 나를 행복하게 만들어 주는 존재가 아니다. 하지만 나는 반려동물을 행복하게 만들어 줘야 하는 존재다. 당연한 일이다. '내'가 선택했으니까.

월복이가 지붕에 올라가서 정원을 내려다보고 있다.
이렇게 아름다운 정경을 혼자 즐기고 있었다니...
아름다운 경치에 월복이의 뒷모습이 더해지니 한 폭의 그림 같다.

고양이 집사로 산다는 건

개와 고양이를 모두 키워보면 고양이를 키우는 수고가 개의 십분의 일도 되지 않음을 느끼게 된다. 고양이를 주인으로 모시고 사는 일에 별다른 큰 불편이 없는 듯하다는 말이다. 게다가 우리 애들은 '산책 냥이'여서 더 그렇다. 아침에 나가서 하루 종일 꽃과 나무와 벌레들을 벗 삼아 여기저기 탐험하고 지내다가 밤에 돌아와 내 방 침대 속으로 파고든다. 그러고는 고단한 듯 고롱고롱 소리를 내며 내게 마사지를 받다가 잠이 든다. 이런 하루의 반복이니 힘들 일이 없다.

그렇다고 집사의 삶이 마냥 편하냐 하면 그건 또

시골에 온 뒤로 캣타워가 무용지물이 되어버렸다.

아니다. 밖에서 놀다가 발만 닦고 들어와 침대에서 자니 이불 빨래를 자주 해야 하고, 내 발치에서 주인님들이 주무시니 집사가 어디 다리 한번 시원하게 뻗고 자겠는가. 물이 조금만 더러워도, 화장실이 조금만 깨끗하지 않아도 성화니 집사는 하루가 그저 짧기만 하다. 하지만 이런 점들도 이들이 급여처럼 뿜어주는 귀여움과 사랑스러움에 비하면 어려움에 속하지도 않는다.

어쩌다 실수로 침대에 실례를 하면 처음엔 화가 나서 혼내려고 째려보지만, 한껏 미모를 과시하는 이들 앞에 속절없이 다시 굽실거리는 집사 모드로 돌아가게 된다. 이들은 그야말로 무시무시한 귀여움 폭탄 그 자체다. 한가롭게 햇볕을 쬐며 낮잠을 자다가도 나를 보면 준비라도 해두었는지 귀여움을 발산하며 눈빛부터 변하면서 다가온다. 어떻게 이런 요물단지들이 세상에 있을까? 사람을 홀리는 기술이 범상치 않다.

얼마 전, 아직 이곳에 내 병원을 열기 전에, 우리 개냥이들의 (완벽한 산책 냥이로 거듭나기 위해) 중성화 수술을 받으러 갔다. 차를 타고 1시간 반이나 걸리는 거리를 운전해서 믿을 만한 병원에서 수술했다. 혹시 스트레스를 받지는 않을까, 노하셔서 행여 사나워지지는 않을까, 그저 노심초사하여 그 전날 잠도 제대로 못 잤다.

드디어 병원에 도착하여 한 마리, 한 마리 체중을 재고, 마취 전 검사를 시작. 우려와는 달리 나의 착한 삼총사는 너무도 얌전히 그 모든 과정을 참고 따라주었다. 마침내 수술이 끝나고, 수의사 선생님과 간호사 선생님의 칭찬이 이어졌다. “이렇게 착한 고양이는 정말 오랜만인 거 같아요” “고양이들이 길냥이 같지 않게 너무 깨끗하네요” 절로 어깨가 으쓱해졌다. 그간 고양이를 모신 공을 인정받는 순간이었다. 잔뜩 우쭐해져서 병원을 나섰다.

며칠 간은 삐쳐서 내게 다가오지 않거나 밥을 안 먹거나 할까 봐 또 걱정이 되었지만, 이번에도 걱정과는 달리 고깔모자를 쓴 채 다가와 어서 마사지를 하라고 명령을 내린다. 밥도 물도 잘 먹는다. 역시 나의 사랑스러운 주인님들이다.

얼마 지나 고깔모자도 풀어주자 다시 한가롭고 평화로운 일상이 시작되었다. 다만 요즘 날씨가 춥다는 이유로 출근하지 않는 날이 많아지긴 했다. 우리 냥이들은 일기예보를 보는 것도 아니면서 추운 날은 귀신같이 알고 나가려 하지 않고, 조금 날이 풀린 날은 앞다투어 밖으로 나간다.

저녁 8시경 몸이 약해서 내가 데리고 자는 유복이와 나에게서 안 떨어지는 껌딱지 소복이를 데리고 귀가하면 나와서 반기는 애도 있고, 그저 고개만 들고 왔냐고 하는 애도 있다. 싱글 침대여서 이 모든 아이가 자기에는 턱없이 부족하다. 그래도 어찌어찌 자리를 잡고 잠을 잔다. 자리 때문에 싸우는 일은 전혀 없지만, 좀 더 편안한 잠자리를 위해서 더 큰 침대로 바꿀 생각이다.

이렇게 나의 고양이들과 함께하는 시간은 하루하루 포근하고 평화롭게 지나간다. 어쩌다 이 사랑스러운 녀석들이 나에게로 왔는지 감탄하는 날의 연속이다. 도도한 매력도 물론 멋지지만, 손만 뻗으면 만질 수 있는 하얗고 보드라운 털과 나를 기다리는 사랑스러운 눈빛은 나를 사로잡는다. 언제까지나 이들의 집사 노릇을 할 수 있기를.

자려고 내 침대에 자리 잡은 복순이와 복돌이.
복순이는 아직 안 졸린 듯 눈을 동그랗게 뜨고 있다.
복돌이는 눈에 잠이 가득하다.

해, 달, 별복이 이야기

지난 여름이었다. 엄마와 나는 그날도 어김없이 고양이 밥을 주기 위해 해가 지고 한참 후에 길을 나섰다. 우리 집에서 한 5~10분 남짓 떨어진 길에서 어두운 찻길을 걷고 있는 떠돌이 개와 새끼 두 마리를 보았다. 그 모습이 너무 위태롭게 보이고 마음이 아파 길가에 잠시 차를 세우고 먹을 것을 들고 다가갔다. 어미 개는 사람을 무척 잘 따르는 아이였다. 차도에서 인도로 그 아이들을 옮기고 먹이를 주며 자세히 보니 어미 개 목에 오래된 목줄이 있었다. 그때였다. 역한 냄새가 코를 찔렀다. 나는 직감적으로 목줄을 빨리 제거해야 한다는 생각이 들어 한달음에 차로 달려가 가위를 꺼내 들고 목줄을 잘랐다.

후드득, 진물이 떨어졌다. 손전등으로 목을 비추자 상처는 처참했다. 목줄이 살을 꽤 깊이 파고들어 있었다. 여름이었고, 그냥 두면 분명 감염으로 죽게 될 것이 뻔했다. 나는 두 번 생각할 것도 없이 어미 견과 새끼를 차에 태웠다. 그리고 임시 거처를 마련하고, 일단 먹을 것과 마실 물을 충분히 넣어준 뒤 하룻밤을 보냈다.

다음 날 아침, 어미 견은 나를 무척 반겼고, 새끼들은 여전히 나를 조금 무서워하고 있었다. 나는 본격적으로 어미 견을 치료하기로 했다. 살이 썩는 냄새가 진동했다. 이런 냄새를 맡으면서도 새끼들은 어미 곁에서 조금도 떨어지지 않고 딱 붙어 있었다. 먼저 상처 주변의 털을 밀고 소독하며 이물질을 모두 제거했다. 그러자 상처가 좀 더 잘 보였다. 다행히 근육 부위까지만 손상되고,

뼈가 드러나지는 않았다. 감염이 심해 봉합을 할 수 없었다. 만약 감염을 치료하지 않고 봉합하면 농이 안쪽으로 고여서 더 위험해질 수 있다. 나는 일단 정맥주사로 항생제를 투여하고, 먹는 약과 소독제를 만들었다. 많이 아플 텐데도 어미 견은 연신 꼬리를 흔들며 잘 참아주었다. 이렇게 사람을 좋아하고 잘 따르는 녀석인데… 그동안 그 누구도 이 아이의 목줄을 풀어주지 않은 것이 이상했다. 잡종이고 허름한 목줄에 냄새도 고약하니 피하기 바빴을지도 몰랐다. 미안했다. 상처가 있어도, 냄새가 나도, 나는 이 아이와 금세 사랑에 빠졌다. 그렇게 하루에 두 번씩 주사를 놓고, 약을 먹이고, 소독하는 날이 계속되었고, 어미 개는 대견하게 이 모든 과정을 잘 참아주었다.

갑자기 깜깜한 밤에 나타난 선물 같은 존재들이어서 이름을 해, 달, 별이라고 지었다. 어미 견은 해복이, 여자아이는 달복이, 남자아이는 별복이. 이름이 맘에 드는지 금방 자기 이름을 알아차리고 반응했다. 똑똑한 아이들이었다. 해복이는 무척 말라 있었다. 새끼들은 통통한 편이었다. 어디서 먹이를 구했는지 모르지만, 분명 새끼들에게 다 양보했던 모양이다. 하지만 우리 집에 와서는 너무 잘 먹어서 조금은 뚱뚱이가 되어버렸다. 그간 먹지 못해서 생긴 한을 남김없이 풀라고 실컷 먹게 됐기 때문이다. 건강을 위해서 지금은 조금 자제시키고 있지만.

해복이 일가는 친구들하고도 전혀 문제를 일으키지 않으며 우리 집에 잘 적응해서 살아가고 있다. 모두 중성화를 마친 상태고, 이제는 셋이 알콩달콩 행복하게 잘 살 일만 남았다. 말썽도 안 일으키고, 놀기도 먹기도 잘하는 해복이 일가가 우리 집에서 살 수 있게 되어서 나도 가슴 뛰게 좋다. 내가 전생에 좋은 일을 많이 했는지 이렇게 좋은 아이들을 만나게 되는 것이 새삼 감사하고 행복한 요즘이다. 얼마나 아팠을지 짐작도 안 가지만, 다 이겨내고 나한테 와줘서 고맙다. 이제는 아프지 말고 행복하게 살길.

어느 가을날의 해복이,
앞으로도 아프지 않고 행복하도록 내가 지킬 것이다.

동물이 스스로 목숨을 끊을 수 있을까?

보호소에 시츄 한 마리가 들어왔다. 흔한 일이었다. 그런데 그 시츄는 다른 아이들보다 더 공포에 질려 있었다. 혼종견도 마찬가지지만, 품종견이 자신이 '이곳'에 있다는 사실을 더 잘 받아들이지 못하는 경우가 많다. 그 아이들의 심리적 공황 상태를 보는 일은 너무도 괴롭다. 그중에서도 이 시츄는 그 정도가 심했다. 내가 보호소에 갈 때마다 살이 눈에 띄게 빠졌고, 내가 주는 온갖 간식도 전혀 입에 대지 않았다. 그저 멍한 눈을 하고 웅크리고 있었다. 꼭 삶의 끈을 놓아버린 듯이 보였다. 심한 우울증 환자의 모습이 저럴까? 더 이상 아무런 희망도 품고 있지 않은 듯했다. 나는 너무 걱정되었지만, 또 식구를 늘릴 수는 없어서 차마 떨어지지 않는 발걸음을 끌고 집으로 왔다.

다음번에 보호소에 방문했을 때, 그 시츄는 바닥에 쓰러져 있었다. 더는 간과할 수 없다는 생각이 들었다. 저렇게 자신의 생명을 끊게 하고 싶지 않았다. 죽더라도 그런 기억을 안고 가게 할 수는 없었다. 그래서 보호소에 얘기해 집에 데리고 왔다. 보호소에서 듣기로, 누가 도저히 키울 수 없다며 아이를 보호소로 보냈다고 했다. 그리고 보호소에 있는 한 달 동안 밥과 물을 거의 먹지 않았다고 했다. 사람들은 알까? 이 아이들이 받는 상처의 크기를? 무게를? 너무 마음이 아팠다. 이 아이는 죽음을 스스로 택할 만큼 그 상처가 컸던 것이다. 이 아이에게는 자기 집이 세상의 전부였으리라. 다른 세상에 사느니 죽는 게 나았으리라.

내가 안아 올렸을 때 그 아이는 거죽과 뼈만 남아 있었다. 목숨이 위태로울 정도로 탈수와 영양 부족이 심했다. 나는 영양 수액을 달아주고, 유동식을 억지로 먹였다. 아이는 죽은 듯이 3일을 누워 있었다. 그리고 서서히 밥을 스스로 먹기 시작했다. 나는 그 아이 마음의 상처를 낫게 하는 것이 치료보다 더 중요하다고 생각했다. 그래서 시간 날 때마다 그 아이를 안고 있었다. 내 가슴에 있는 사랑이 그 아이의 심장으로 옮겨가길 바라는 마음으로 안고 또 안았다. 그렇게 또 며칠... 이제는 스스로 조금 걸어 다니고, 짖기도 했다. 마침내 삶의 끈을 다시 잡는 듯 보였다.

그렇게, 내 옆에 꼭 붙어 지내는 껌딱지가 탄생했다. 예전의 상처 때문인지 나와 떨어지는 것을 극도로 싫어해서 강아지용 캥거루 주머니 같은 가방을 사서 거기에 넣고 다녔다. 아이는 아직 걷는 것이 자유롭지 않아서 내 걸음을 쫓기 힘들어했다. 다리 근육을 위해 운동을 시켜주기는 했지만, 내가 바쁠 때는 주머니에 넣고 다녔다. 가을에 와서, 단풍잎의 '단' 자를 따서 '단복이'라고 이름을 지었다. 단복이는 내가 책상에 있을 때는 책상 위에, 내가 돌아다닐 때는 캥거루 주머니에 있었다.

그러던 어느 날, 보호소에서 연락이 왔다. 단복이의 예전 주인이 단복이를 만나고 싶어 한다는 것이었다. 나는 화가 났다. 인제 와서 단복이를 보겠다니, 괘씸했다. 그리고 그 만남이 단복이의 상처를 헤집어 놓는 것은 아닐지 망설여졌다. 단복이의 예전 주인이 전화를 걸어왔다. 단복이를 가장 예뻐하던 큰언니가 결혼하면서 단복이는 부모님 댁에 남겨졌고, 여러 번 이사를 하는 사이에 단복이의 짖는 소리 때문에 항의 전화를 자주 받은 부모님은 단복이에게 더 좋은 곳이 있을지도 모른다는 생각에 보호소로 보냈다고 했다. 그렇게 단복이가 죽음의 문턱에 다다르게 할지 몰랐다고 했다.

나는 무슨 그런 어처구니없는 생각으로 아이를 버리냐고 화를 내고 싶었지만, 이해하려 노력했다. 어쩌면 유기 동물의 현실을 모르는 무지에서 비롯된 행동일 수도 있겠다고 백번 양보해서 생각하려 했다. 세상을 살다 보니 잘 몰라서 큰 잘못을 저지르게 되는 때가 한두 번은 있음을 알기 때문이었다. 무턱대고 욕하고 싶지만은 않았다. 얼마 뒤 큰언니가 단복이를 만나러 멀리서 찾아왔고, 단복이는 조금 어리둥절해하는 모습으로 큰언니에게 안겼다. 단복이의 원래 이름은 '뽀야'였다. "뽀야~"라고 부르자 바로 반응했다. 아직 이름을 기억하고 있는 모습에 마음이 시려왔다. 뽀야는 그렇게 큰언니의 품에 안겨 집으로 돌아갔다.

큰언니는 나에게 뽀야를 살려줘서 감사하다고 연신 고개를 숙였다. 나는 그새 정든 단복이를 보내기가 망설여졌지만, 다시 뽀야로 살 수 있는 기회를 주고

단복이 사진이 많지 않다. 더 살이 붙으면 미용도 하고
예쁜 옷도 입혀서 사진을 찍어 주려고 했다.
그때는 이별이 그렇게 빨리 올지 몰랐다.

싶었다. 다시는 이런 일이 없을 거라고, 부모님이 상의도 없이 하신 일이라고, 뽀야를 꼭 안고 나에게 인사하는 모습이 진심같이 느껴져 보내기로 했다. 그렇게 단복이를 보내고 집에 들어오자 집이 휑했다. 고작 1달간의 동거였는데도 나에게 단복이는 깊게 자리하고 있었다. 항상 단복이를 안고 다니다 팔이 자유로워지자 뭔가 허전했다. 단복이의 따뜻한 체온이 그리웠다. 마구마구 짖어대다 나만 나타나면 뚝 그치던 그 소리도 그리웠다. 하지만, 단복이야말로 내 이야기 중에 진정한 해피엔딩이 아닐까 생각한다.

단복이는 더 이상 주인 바라기가 아니라고 큰언니가 소식을 전해주었다. 장난감을 가지고 놀고 있는 모습의 사진도 보내줬다. 마음이 놓였다. 단복이는 나와 함께할 때 나한테 너무 집착하느라 장난감을 가지고 놀거나 하지 않았기 때문이다. 나와 다시 떨어지는 게 두려워 아무것도 안 하던 아이였는데... 이제 마음이 좀 안정된 모습을 보인다니 그보다 더 반가운 소식은 없었다. 사진 속 단복이는 활짝 펴 있었다. 이제는 단복이를 놓아주어도 될 듯싶었다. 뽀야로 다시 활짝 웃으며 지내길 진심으로 바랄 뿐이다. 지금이 너무 행복해서 단복이었던 시절을 잊는다고 해도 나는 더 바랄 것이 없다. 아마 모든 임시보호자의 심정이 이렇지 않을까. 잠시 나의 아이였던 단복아, 그동안 행복했어, 안녕.

겨울

추워지는 겨울밤에

어젯밤부터 조금씩 바람이 불기 시작하더니 오늘 아침에는 제법 차갑게 변해 옷깃을 여몄다. 나는 잔뜩 움츠린 채 걸었고, 아이들은 춥지도 않은지 다른 때와 다름없이 신나게 산책했다. 시골집이라 서울 아파트만큼 따뜻하지는 못하더라도 내 방은 제법 훈훈한 편이다. 아이들과 우르르 서로서로 꼭 붙어서 지내기엔 이 시골집도 나쁘지 않다. 아이들의 따끈한 온기가 내 몸으로 전해지는 것도 좋고, 아이들에 둘러싸여 책을 보면 왠지 포근하다.

눈복이는 가끔 산책을 나갈 때 가장 좋아하는 장난감을

나한테 장난감을 뺏길까 봐 저 멀찍이서 가지고 논다.
저 장난감도 눈복이가 참 좋아하던 것인데,
지금은 자취를 감춘 지 오래다.

가지고 간다. 나는 그게 좀 신경 쓰인다. 눈복이가 그렇게 산책에 가지고 나간 장난감 중에 잃어버린 게 꽤 많기 때문이다. 내가 두고 나가라고 아무리 타일러도 들은 체도 안 하고 장난감을 입에 물고 집을 나선다. 그러다가 군데군데에서 쉬면서 장난감을 가지고 논다. 그러고 집까지 잘 물고 가면 괜찮은데, 그렇지 않다는 게 문제다. 아이들이 갑자기 짖어대거나 신나서 술래잡기하러 뛰어가면 장난감을 갑자기 놓고 뛰어가 버린다. 운이 좋게 내 눈에 띄면 장난감을 수거할 수 있지만, 그렇지 못한 경우가 더 많다. 그렇다고 그렇게 좋아하는 장난감을 안 줄 수도 없고, 이게 참 고민 아닌 고민이다.

어느 날 아빠가 신발이 없어졌다고 찾으러 다니고 계셨다. 우리 집에서는 흔히 있는 일이라 대수롭지 않게 여겼다. 나는 신발장을 따로 두지 않고, 자주 신는 신발만 거실 선반 위에 올려둔다. 문이 없는 일반 신발장은 우리 아이들에게는 먹을 것이 풍성한 냉장고와 같은 곳이다. 문 있는 신발장을 산다는 게 미루다 보니 그냥 이렇게 사는 데 익숙해져 버렸다. 엄마는 신발을 아이들이 들어오지 못하는 집안에 보관하시는데, 아빠는 그냥 밖에 두시다 보니 신발을 잃어버리는 쪽은 번번이 아빠가 될 수밖에 없다. 그런데 이번에는 범인을 잡을 수 있었다.

아빠 신발을 훔쳐 간 도둑이 현장에서 검거되었다.
범인은 우리 집 귀염둥이 얼룩이! 신발 도둑으로 악명이 높지만,
너무 귀여운 탓에 이제껏 한 번도 혼난 적이 없다.

얼룩이가 아빠 신발을 베고 식탁 밑에서 자고 있는 것이 아닌가. 그 모습이 너무 귀여워서 사진으로 찍었는데, 어떻게 알고 눈을 떠버리고 말았다. 얼룩이는 명성 높은 신발 도둑이다. 현장에서 검거되었지만, 얼룩이를 나무라는 사람은 한 사람도 없다.

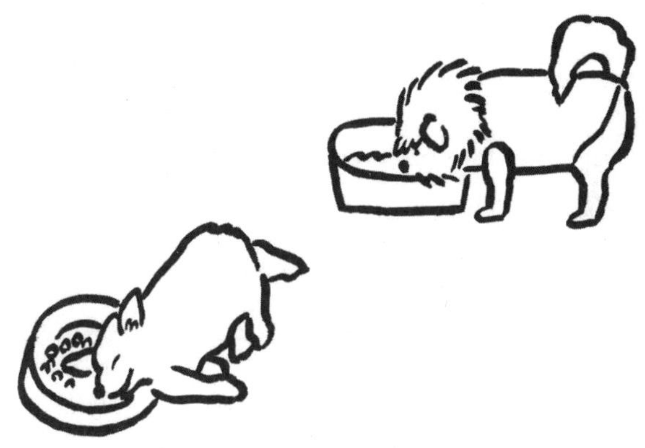

벽난로에서 불이 나지막이 타고, 아이들은 저마다 담요와 방석으로 가서 잠을 청하면, 나는 드디어 나만의 시간을 갖는다. 그러면 설레어서 뭐부터 할지 몰라 갈팡질팡한다. 책을 읽을까? 글을 쓸까? 제일 하고 싶은 건 잠을 자는 것이지만, 그건 항상 맨 뒤로 미루어 둔다. 메이플 시럽을 넣은 달달한 커피를 한 모금 마시며 겨우 숨을 돌렸을 때, 느닷없이 애들이 뒤엉켜 싸우기 시작한다. 소복이와 바둑이다. 둘이 투닥거리면서 놀고 있더니 무슨 일로 수가 틀렸는지 싸움이 붙었다. 결국 물그릇을 엎고 내게 크게 혼나고 끝이 났다. 이럴 때 '현실 자각 타임'이 잠깐 오기도 한다. '애들 뒤치다꺼리하다가 내 인생 종 치겠구나' 뭐 그런 생각이 들 때가 있다. 그럼 나는 이렇게 생각한다. 좋은 옷을 입고, 좋은 곳에 가고, 연애도 하고... 이 모든 것을 해보지 않았던가. 그런 무의미한 일을 해보고 선택한 삶이 아니던가. 일로도 높은 자리에 올라 보고, 공부도 해볼 만큼 해보고, 그 모든 것이 지금보다 더 나은 삶을 가리키는 것은 아니었다. 나는 다시 웃는 마음으로 엎질러진 물을 치웠다.

이제 정말로 아이들이 모두 잠든 밤이 되었다. 나는 내가 좋아하는 노래를 작게 틀고, 책상 위의 스탠드만 켜고, 조용히 자리에 앉는다. 누가 업어가도 모를 것처럼 잠이 든 아이도 있고, 서로 방석을 바꿔가며 뒤척이는 아이도 있다. 밖에는 날씨가 제법 춥지만, 내 방 온도계는 22도를 가리키고 있다. 아이들이 요즘 추워서 밤에 밖에서 일을 보지 않고 내방 화장실을 이용하시는 통에 아침이면 응아 파티가 나를 기다리고 있지만, 나는 나의 아이들을 따뜻하게 보듬는 내 방이 너무 좋다. 이 집에 오기 전

추운 데서 고생했을 녀석들인데 이제는 한데가 아닌 온돌바닥에서 재울 수 있어 화장실 청소 따위는 별일 아니라고 생각한다. 그리고 내가 가진 것에 감사하게 된다. 언젠가 나의 손길이 닿지 않는 아이들까지도 더 큰 품으로 끌어안을 수 있는 날이 오기를 바라며 오늘 하루도 나의 사랑스러운 아이들이 무탈했음에 감사하는 밤이다.

크리스마스 선물

지난 크리스마스에 뜻하지 않은 소중한 선물을 받았다. 눈이 내렸고, 나와 아이들은 화이트 크리스마스를 즐길 수 있었다. 날이 많이 추워져서 꽁꽁 싸매고 오후 산책에 나섰고, 아이들은 신이 나서 나를 따라 나왔다. 그렇게 무사히 산책을 마치고 돌아오는데, 갑자기 울음소리가 나기 시작했다. 나는 큰 애들이 또 작은 애들을 괴롭히는 줄 알고 있는 힘껏 소리가 나는 장소로 내달렸다. "하지 마!" 소리치며 아이들이 모여 있는 곳을 보았더니 웬 처음 보는 강아지가 울고 있는 것이 아닌가!

나는 주위를 둘러보았다. 다른 새끼는 없는지, 어미가 근처에 있지 않은지, 그도 아니면 아이를 버린

갑자기 우주에서 뚝 떨어진 것처럼 나에게 나타난 성탄이.
내 평생 받은 크리스마스 선물 중에 압도적으로 귀엽다.

나쁜 견주는 없는지 말이다. 새끼를 들어 올리자 새끼는 있는 힘껏 나를 물었다. 꽤 아파서 놓칠 뻔했다가 다시 잡아 품에 안았다. 강아지는 겁에 질려서 빽빽 울어대고, 나의 아이들은 그런 새끼 냄새를 맡겠다고 나를 둘러싸고 난리였다. 아이들을 뚫고 근처를 샅샅이 뒤지느라 진땀을 뺐다. 다행인지 불행인지 아무것도 발견하지 못한 나는 그 아이를 데리고 집으로 와 진정될 때까지 안아주었다.

수컷, 3개월 정도의 하얀 새끼. 관상을 보니 꽤 크게 자랄 것같이 머리가 컸다. 깨끗한 물을 주었다. 아이는 겁에 질려 있었다. 부드러운 사료를 그릇에 담아 주자 갑자기 달려들어서 먹기 시작했다. 거의 흡입하듯이 먹어 치운 뒤 그제야 물을 마셨다. 배가 많이 고팠던 것 같았고, 풍성한 털 안에는 삐쩍 마른 몸이 숨겨져 있었다. 다행히 아직 아기여서 그런지 큰 애들도 냄새만 맡을 뿐 괴롭히지 않았다. 따뜻한 아랫목에 잠든 모습을 보면서 우리 가족은 그 아이를 품기로 결정했다. 그날은 크리스마스였고, 추웠고, 그 아이를 내칠 수 없는 이유가 무척 많았다. 그렇게 그 아이는 성탄절에 왔다고 '성탄이'라는 이름을 갖게 되었다.

　성탄이는 성격이 부숭부숭하다. 털도 부숭부숭한데 성격도 그래서 큰 애들이 잘못해서 성탄이를 아프게 하면 아프다고 울다가도 내가 뛰어가서 안아주면 뚝 그치는, 울음 끝이 짧은 아이다. 나는 그런 성탄이가 무척 마음에 든다. 까탈스러운 성격이었다면 내가 좀 힘들었을 텐데, 아무하고나 잘 어울려 놀고, 잘 먹고, 배변, 배뇨도 밖에서 잘한다. 그런 성탄이가 나는 그저 대견하다.

그런데 성탄이가 오고 나서 정확히 4일 뒤인 29일에 똑같은 일이 또 벌어졌다. 그때도 오후 산책을 하고 돌아왔고, 갑자기 내 앞에 있는 하얀 새끼가 분신술을 쓴 것처럼 2마리가 되어 있었다. 성탄이와 똑 닮은 여자아이였다. 나는 그 아이를 들고 들어와서 밥과 물을 먹인 후에 따뜻한 담요 위에 올려주었다. 우리 가족은 조금 근심 어린 얼굴로 어리둥절 주위를 둘러보는 그 아이를 내려다보았다. 어찌 된 일일까. 어쨌든 그 아이도 나에게 왔으니 내 몫이었다. 그 아이의 이름은 크리스마스트리에서 따왔다. 그렇게 '트리'도 우리 가족이 되었다.

성탄이와 트리는 둘도 없는 친구다. 항상 둘이 꽁냥꽁냥 장난을 친다. 트리는 성탄이처럼 부숭부숭하지는 않지만, 그렇다고 까탈스러운 아이는 아니다. 성탄이는 배를 까고 잠들거나 하는 일이 잦지만, 트리는 성탄이와 다르게 조신하다. 언제나 둘이 장난치고 놀기 바쁘지만,

둘이 같이 놀고 둘이 같이 잠이 든다. 자고 있나 싶으면
장난치고 있고, 장난치고 있나 싶으면 자고 있다.
너무너무 귀여운 붕어빵 남매다.

다른 아이들도 성탄이와 트리가 귀여운지 연신 귀찮게 한다. 둘은 그런 큰 애들의 놀자는 신호에도 잘 반응하며 같이 어울려 논다. 나는 그 모습을 보다가 자주 웃음을 터트린다. 며칠 되지 않아 이미 나는 그 둘 없이는 살 수 없을 만큼 두 아이의 매력에 매료되었다.

어떤 연유로 우리 집에 갑자기 뿅 하고 나타났는지 알 수 없다. 성탄이와 트리 모두 가시덤불을 헤치고 왔는지 온몸에 가시가 붙어 있던 것 말고는 아무런 단서도 없다. 누가 버렸을 수도 있고, 무리에서 떨어져나와 길을 헤매다가 우연히 왔을 수도 있다. 연유가 어찌 되었든 지금은 가족이 되어 따뜻한 방안에서 맛난 밥을 먹으며 살게 되었다. 며칠 사이 벌써 좀 큰 것 같지만, 아주 큰 개가 된다고 해도 할 수 없는 노릇이다. 나는 그냥 둘을 사랑하기로 했다. 이 아이들을 보면 사랑하는 편이 가장 쉬운 일임을 느끼게 된다. 너무 사랑스러워서 미워하는 게 더 어렵기 때문이다. 말썽도 많이 피우지만, 건강하게만 자라기를. 지금도 나의 크리스마스 선물 개봉기는 여전히 계속되고 있다.

큰 애들이 성탄이가 신기한지 자꾸 곁으로 간다.
처음엔 조마조마했는데, 이제는 걱정 안 한다.
다들 성탄이의 등장이 싫지 않은 듯하다.

복 자 돌림 이름의 시작, 만복이

예전부터 이상하게도 나와 엄마 눈에는 주인 없이 거리를 떠돌고 있는 개가 많이 보였다. 그 유기견을 잡을 수 있으면(대부분 잡을 수 없었다) 온 동네를 다니며 주인을 찾아주려고 애를 썼다. 전단도 붙이고 동물 병원마다 전화했지만, 딱 한 번 주인을 찾아준 적이 있을 뿐이다. 당시는 서울 아파트에 살던 때라서 개를 많이 키울 환경이 되지 않았다. 그래서 입양을 많이 보내곤 했다. 지금은 나 때문에 지인들이 한두 마리씩은 다 데리고 있어서 입양을 보내기 쉽지 않지만, 당시에는 곧잘 되고는 했다.

몹시 추웠던 어느 겨울, 크리스마스이브. 거리는

사람들로 넘쳐나고, 종일 내린 눈으로 하얗게 물들어 있었다. 크리스마스이브에 나가면 고생이라고 생각하는 나는 집에 머물고 있었다. 그러다 엄마의 전화를 받았다. 잠시 장을 보러 나간 엄마의 다급한 목소리가 들렸다. "여기 강아지 한 마리가 다 죽게 생겼어!" 나는 한달음에 엄마가 있다는 공원 앞으로 뛰어나갔다. 거기에는 온몸에 고드름을 달고 있는 슈나우저 한 마리가 엄마 옆에 꼭 붙어 있었다. 나는 일단 체온이 떨어진 그 아이를 품에 안고 다시 집으로 뛰어 들어왔다. 따뜻한(뜨겁지 않은) 물로 온몸에 붙어 있는 고드름을 떼어내고, 드라이기로 털을 말려주었다. 체온이 오르자 아이의 얼굴에 생기가 돌았다. 고기 섞은 사료를 엄청난 속도로 흡입하는 녀석을 보며 이름을 만복이라고 지었다.

만복이는 내가 좋아하는 이름이다. 나는 슈나우저를 특별히 좋아했고, 병원에 버려진 슈나우저(이름은 만복이었다)를 아주 만족스러운 집에 입양을 보내고부터 슈나우저를 보면 만복이라고 이름을 붙이고는 했다. 내가 입양을 보낸 만복이가 족히 5마리는 됐다. 나는 이 아이도 좋은 곳으로 입양을 보낼 목적으로 '만복이'라고 이름 지었다.

다음날 만복이의 주인을 찾기 위해 동네를 이리저리

복자 돌림의 시작, 만복이.
웃는 모습이 항상 천진했다.

돌아다녀 보았다. 입수한 정보에 의하면 만복이는 크리스마스이브 전날부터 그 공원을 배회했다고 한다. 처음에는 사람을 경계했던 만복이는 추운 날씨로 몸이 점점 안 좋아지자 보이는 사람마다 다가갔다고 한다. 크리스마스 선물과도 같은 만복이를 사람들은 피하기 바빴다. 눈 범벅이 되어 고드름을 달고 있는 만복이를 따듯하게 안아준 사람은 없었다. 사람들의 차가운 시선과 몹시 추운 날씨는 만복이를 점점 더 얼어붙게 했다. 그러다 길을 걸어가고 있는 엄마를 본 만복이는 이번에도 희망을 버리지 않고 접근했다. 포기할 만도 했을 텐데 만복이는 포기 대신 희망을 품었던 것이다. 태생부터 사랑스러운 아이였다.

만복이는 며칠간 주렸던 배를 채우고 나서는 음식을 전혀 밝히지 않는 아이가 되었다. 장난감을 좋아하고, 이불 속에서 자는 것을 좋아했다. 성격은 까탈스럽지 않으면서도 도도함이 있었다. 사람의 손길을 좋아하지만, 그렇다고 귀찮게 하지 않았다. 뭐랄까... 기품이 있다고 해야 하나, 그런 매력이 있었다. 만복이의 그런 성격은 금세 우리의 사랑을 끌어냈고, 나는 만복이의 엄마를 자처했지만, 부모님의 강력한 반대에 부딪혀 만복이의 유일한 누나가 되었다. 그렇게 우리 집에 정착한 만복이를 다른 곳에 보내고 싶지 않았던 나는 입양 공고를 올린 사이트에 가서 조용히 공고를 삭제했다. 만복이는 우리 집 영원한 막내가 되었다.

만복이는 정말 우리 집에서 원도 한도 없이 사랑을 받았다. 동물에는 별 관심 없어 하는 오빠도 만복이한테는 지극정성이었다. 하다못해 우리 아파트 경비아저씨도 만복이를 무척 귀여워하셨다. 가끔 만복이는 경비실에 가서 놀다가 오기도 했다. 그야말로 만복이는 사랑을 끌어내는 마법 같은 매력이 있었다. 만복이와 함께 했던 순간순간이 전부 행복이었고, 사랑이었다.

그런 만복이도 나이를 먹어갔다. 우리 집에 온 지 10년쯤 되던 해에 만복이의 작은 목구멍에 포도알만 한 종양이 생겼다. 수술할 수 없는 부위에 생겼다. 점점 숨쉬기 힘들어하는 만복이를 위해 산소발생기로 호흡을 도와주는 수밖에는 없었다. 만복이는 죽음이 두려워서인지 나와 잠시도 떨어지지 않았다. 그런 만복이가 안타까워 일도 쉬면서 몇 달을 내 방에서 만복이와 지냈다. 그리고 점점 우리에게 마지막이 가까이 옴을 느낄 수 있었다. 더 이상 만복이의 고통을 묵과할 수 없게 된 날, 나는 만복이를 내 옆에 누이고 조용히 잠들 수 있게 주사를 놓아주었다. 그렇게 만복이는 우리를 떠나갔다.

만복이는 우리 가족에게 커다란 행복을 주었다. 그 반짝이는 순간들이 지워질까 봐 아직도 가족이 모이면 만복이 얘기를 하곤 한다. 그리고 크리스마스가 되면 나는 언제나 만복이를 떠올린다. 하늘에서 나에게 그리고 우리 가족에게 가장 소중한 선물을 내려준 날이기 때문이다. 나는 지금 또 다른 모습을 하고 나타난 수많은 만복이와 함께하고 있다. 그리고 만복이를 기리는 마음에서 모든 아이에게 '복' 자 돌림의 이름을 지어준다. 만복이처럼 행복하게 살라는 마음을 담아 한 아이, 한 아이 고심해서 이름을 붙인다. 우리 만복이가 '복' 자를 가진 다른 아이들에게도 행복을 선사하리라 믿으면서 말이다.

만복이(왼쪽)와 숑숑이(오른쪽).
만복이는 장난감 욕심쟁이였다.

개인이 감당해야 할 일이 아닙니다

나는 버려진 동물을 거두어 키우는 일을 하고 있다. 저마다 사연을 한 아름 안고 있는 아이들이 우리 집에 옹기종기 모여서 그들 나름의 규칙을 가지고 도란도란 살고 있다. 아직은 내가 감당할 수 있는 정도의 수다. 하지만 이보다 더 늘어난다면 뭔가 대책이 필요하다. 그래서 나는 입양을 아주 신중하게 결정한다.

하지만 이런 내 마음도 보호소에 가면 흔들린다. 열악한 보호소 생활이 마음 아파 거두고 싶은 아이가 수두룩하다. 다 거둘 수 없어 외면하고 외면하지만, 결국 그 결과가 안락사로 돌아오면, 왠지 그 아이를 사지로 내민 것이 나인 것만 같아서 며칠을 속앓이한다.

이렇듯 보호소 봉사 활동은 죄 없는 생명을 그곳에 두고 돌아서야 하는 잔인한 일이 되고 만다. 그래서 나는 보호소 봉사를 남에게 선뜻 권하지 못하지만, 누군가 봉사를 하고 있다고 하면 늘 그 노고에 존경을 표한다.

내가 봉사 활동을 멈추지 않는 것은 나까지 그들을 외면해서는 안 된다는 생각 때문이다. 내가 그 아이들을 모두 품을 수는 없지만, 적어도 지금처럼 깨끗한 물과 밥을 챙겨주고, 간식을 주는 일은 할 수 있다. 그리고 나는 수의사이기에 아프고 다친 아이가 있으면 그들을 아픔에서 조금은 벗어나게 해줄 수 있다는 것 또한 이유다. 나는 이래서 사서 하는 고생을 4년째 해오고 있다. 하지만 나는 이 이유가 결코 작다고 생각하지 않는다. 그곳의 아이들에게는 내 작은 행동이 세상의 전부일 수도 있다.

그래도 가끔은 왜 내가 해야 할까? 왜 이 나라는 보호소 운영 하나도 제대로 못 하는 걸까? 하는, 현실 자각을 할 때가 있다. 언제까지 밀물처럼 밀려드는 유기 동물을 안락사시키고, 그 현실이 안타까운 몇몇 사람이 떠맡아 길러야 하냐는 말이다.

정부는 불법 번식장을 적발하고 합법 번식장도

제대로 운영하고 있는지 주기적으로 점검해야 한다. 동물을 생산하는 것을 제한했다면 판매하는 것도 철저하게 관리해야 한다. 이렇게 사람들이 키우기 이전 단계를 관리하고 난 다음에는 무분별한 번식을 막기 위해 중성화를 지원해 주어야 한다. 중성화 문제는 시골에서 특히 심각하다. 수술비가 턱없이 비싸니 밖에서 키우는 개에게 해줄 리 만무하고, 그렇게 무방비로 노출된 암컷은 임신과 출산을 반복한다. 그리고 그 새끼들은 그대로 유기견이 된다.

반려견 등록도 철저히 해야 한다. 우리나라는 반려견 등록을 인식표, 외장 칩, 내장 칩으로 할 수 있는데, 인식표와 외장 칩은 유기 동물 방지에 전혀 도움이 안 된다. 아이를 유기할 때 인식표와 외장 칩을 떼어버리면 그만이기 때문이다. 따라서 반드시 내장 칩을 하도록 법을 개정해야 한다. 그래야 유의미한 결과를 거둘 수 있을 것이다.

또, 아이들이 안전하고 위생적인 환경에서 지낼 수 있도록 동물 보호소의 시설을 확충하고, 인력을 충원해야 한다. 멀쩡한 보도블록 뜯어내면서 예산 까먹지 말고, 그런 곳에 세금을 써야 하는 것이다.

내가 동물 봉사 활동을 한다는 것을 아는 분들은 내게

종종 길에서 구조한 동물 또는 길에서 배회하는 동물을 어떻게 해야 할지 묻는다. 나는 아직도 적절한 답을 할 수 없다. 왜냐면 그 아이를 입양할 생각이 있지 않은 한 해피엔딩은 없기 때문이다. 배회하는 동물을 외면하지 않고 용기 내어 어떤 행동을 하려고 하는 분들에게 근처 보호소에 인계하라고 하면 얼마 뒤에 안락사될 텐데, 그걸 해결책으로 제시할 수는 없지 않은가. 만약 그 아이가 내장 칩이 있을 수도 있으니 가까운 병원에 가서 확인해 보라고 말할 수는 있지만, 없다면, 그 아이는 또다시 갈 곳이 없어진다.

이렇게 개인의 힘으로는 한계가 있다. 세상의 변화는 몇 명의 히어로가 이루는 게 아닌 평범한 사람들의 작은

의지가 모여 일어난다. 하지만 요즘은 솔직히 어디서 히어로가 나타났으면 좋겠다. 그래서 해결 방안이 명명백백한 일들을 일사천리로 해결해 주었으면 하고 바라게 된다. 우리 집 아이들이 따뜻한 방에서 쉬고 있다. 소복이는 내 침대에서 내 자리를 차지하고 다리를 쭉쭉 펴고 자고 있다. 세상의 모든 동물이 내가 돌보는 아이들보다 더 행복했으면 좋겠다. 그래서 더 이상 내가 거둘 아이가 없었으면 좋겠다. 더 이상 동물 복지 문제를 개인의 어깨에 짊어지게 해서는 안 된다. 개인이 감당해야 할 문제가 아니다.

직업으로서의 수의사

수의사가 되는 첫걸음인 수의과대학에 진학했을 때, 내가 느낀 기쁨은 이루 말할 수 없었다. 동물과 함께하며 생명을 살리고자 지식을 쌓는 곳이라 생각한 대학 생활을 드디어 누릴 수 있다는 사실에 감격스럽기까지 했다. 하지만 현실은 모든 종류의 실험동물이 존재하는, 어느 정도 생명에 무감각해야 버틸 수 있는 곳이었다. 지금은 실정이 많이 바뀌었다고 들었지만, 거의 20년 전의 수의과대학은 그러했다. 한마디로 처참했다.

나는 어릴 적부터 다친 동물이 있으면 치료해 주기 위해 부단히 애를 썼다. 그리고 서울에 사는 내가 가장 많이 접할 수 있는 동물은 비둘기였다. 다리를 다치거나 무슨 이유에서건 날지 못하는 비둘기는 거리에 종종 있었다. 대학교 신입생 때, 날지 못하는 비둘기 한 마리를 구조해서 지극정성으로 보살피고 있었다. 하지만 비둘기는 날개에 힘을 전혀 주지 못했고, 나는 비둘기를 데리고 학교에 갔다. 그리고 교수님께 진료를 부탁드렸다. 예과 때였기 때문에 수의대에서 진행되는 많은 실험과 많은 생명의 희생을 보기 전이어서 나는 비둘기 한 마리도 당연히 교수님의 진료를 받아야 한다고 생각했다(지금도 그 생각에는 변함이 없다). 그 비둘기는 결국 날지 못하고 여생을 보냈지만, 난 비둘기를 학교에 데려왔다고 때아닌 유명세를 치러야 했다. 지금의 나라면 학교에 비둘기를 데려가 교수님 특진을 요청할 정도로 용기 있는 행동을 하지는 못할 것이다. 하지만 난 그때 그것이 용기를 갖고 해야 하는 행동인지도 몰랐다. 그저 모든 생명이 소중하다는 생각뿐이었다.

학년이 올라갈수록 많아지는 동물실험과 실습은 나를 자괴감에 빠지게 했다. 몇 가지 실습은 정말로 필요한 과정이었는지 의심스러운 것도 있었고, 필요하다고 인정이 되어도 정말 감내하기 어려운 것도 있었다. 특히 개를 수술하는 실습은 정말 힘들었다. 수술은 5~6명이

한 조를 이루었고, 멀쩡한 개를 데려다가 마취를 하고 집도를 시작했다. 한사람이 수술하고 끝나는 것이 아니라 5~6건의 수술을 돌아가면서 하는 방식이니 개의 배속은 여러 번의 수술로 난도질당하게 된다. 그리고 끝으로 안락사를 진행한다. 차라리 안락사를 하는 실습은 괜찮은 편에 속했다. 술후 처치까지 하나로 된 수업도 있었다. 그동안 고통은 오로지 동물이 감내해야 했다. 지금 생각해 보면 그런 과정을 무슨 정신으로 버텼는지 모르겠다. 그런 실습들이 불필요하다고 말할 수는 없겠지만, 분명 대안이 있을 거로 생각한다.

실험, 실습견의 처우도 상당히 열악했다. 대부분 실험실이나 대학원실 구석에 마련되어 있는 견사, 더러운 우리 안에서 생활했다. 그런 실습견을 돌보는 몫도 대학원생들에게 돌아가니 바쁜 학생들이 제대로 돌봐주기는 역부족이었다. 당연히 산책은 고사하고 배변, 배뇨를 치워주기에도 바빴다. 실습견들은 어두운 구석에서 오물과 함께 하루하루 버티고 있었다.

나는 인간을 위해 희생하는 동물들에게 조금이나마 기쁨을 주고 싶었다. 그래서 나와 뜻을 함께하는 친구들을 모아서 실험견 산책 소모임을 만들었다. 실험견 대부분이 비글이어서 '비글즈'라는 이름으로 결성된

소모임은 산책뿐만 아니라 견사 청소도 열심히 했다. 그렇게 우리는 열악한 환경 속에서 노력했지만, 그런 실험과 희생이 모두 사라진 건 아니다. 부디 관행적으로 행해지는 동물 학대가 이제는 많이 개선되기를 바랄 뿐이다.

나는 이렇게 이상과 현실의 괴리 사이에서 많이 방황하며 우여곡절을 겪으며 졸업했다. 쉽지만은 않았지만, 수의사가 되었고, 사회에 첫발을 내딛기 전 나는 뿌듯했고 설렜다. 하지만 학교밖에는 더 큰 심리적 장벽이 나를 기다리고 있었다.

수의사는 봉사 활동가는 아니기 때문에 이윤을 목적으로 진료할 수밖에 없다. 하지만 나는 그게 잘 되지 않았다. 돈을 낸 만큼만 치료해 주는 일은 너무도 어려웠다. 나는 유독 환자에게 감정이입이 잘 되는 편이었고, 그 환자를 살리고자 모든 걸 쏟아붓는 편이었다. 하지만 그렇게 되면 보호자가 지게 되는 경제적 부담이 커질 수밖에 없어 그 사이에서 고심을 많이 했다. 보험이 적용되지 않아 상대적으로 비싼 동물 병원비도 나를 힘들게 했다.

내게 맡겨진 생명의 무게가 너무도 버거워 밤잠을 설친 적이 한두 번이 아니었다. 특히 누군가 데려온 전염병에 걸린 유기견이나 유기묘가 생사를 오가는 상황에서는 그 부담감이 극에 달했다. 그동안 고생고생하며 살다가 드디어 환한 빛이 들어왔는데 왜 그리 빨리 세상을 등지려고 하는지... 떠나가려는 그 작은 발을 잡고 엉엉 울고 싶었던 때가 한두 번이 아니었다.

하지만 그렇다고 내가 수의사가 된 것을 후회하느냐 하면 절대 아니다. 나는 지금도 내가 수의사인 것에 큰 긍지와 자부심이 있다. 내게는 아픈 동물을 고통에서 벗어나게 돕는 일만큼 매력적인 일은 없기 때문이다. 지금은 시골에서 의료 혜택을 못 받는 아이들을 치료하며 소소한 행복을 느낀다. 이곳 숲속에 작은 병원을 차려서 정식으로 진료를 보고 있다.

이렇듯 내게는 정말 소중한 직업을 어떤 수의사들은 너무 하찮게 생각하는 것도 같다. 그래서 수의사로서 절대 허용될 수 없는 일들을 벌인다. 그야말로 수의사의 양심이 땅에 떨어진 요즘이다. 진료실에서 전자담배를 피우며 직무에 태만하거나 당직 수의사가 입원 견을 제대로 살피지 않는 등 낯 뜨거운 일들이 벌어진다. '수의사의 윤리 강령을 준수하며, 성실과 양심으로 수의

업무를 수행한다'라는 수의 윤리 원칙을 지키는 수의사가 많이 있지만, 몇몇 이기적인 행동이 모든 수의사를 욕 먹이고, 신뢰를 떨어뜨린다. 수의학을 공부하는 과정에서 수의 윤리를 좀 더 심도 있게 가르쳐야 하지 않을까. 모든 수의사가 생명을 대하는 책임감 있는 모습을 보였으면 좋겠다.

사는 동안 행복하게

나는 시골보다 서울에서 산 시간이 더 길다. 서울에서 태어나서 자란 서울 토박이니 당연하겠지만, 서울에서 보고 듣고 느끼는 것이 전부였고, 그 외 다른 삶을 엿볼 기회는 많지 않았다. 이런 내가 꿈꾸던 미래는 당연히 성공한 수의사였다. 실력 있는 수의사가 되어서 좋은 병원에서 안정적인 급여를 받으며 대체 불가능한 수의사로 자리 잡는 것. 그것이 나의 꿈이었다.

동물을 돕기 위해 수의사가 되었지만, 정작 수의사가 되고 나서는 아주 소극적인 방법으로 아이들을 돕는 데 그쳤다. 진료비를 양심적으로 받는 것, 최선을 다해 진료하되 동물에게 고통스러운 삶을 연장하지는 않는 것,

동물 보호소에 진료 봉사를 가는 것. 이것이 내 삶 속에서 동물을 위해 할 수 있는 전부라고 생각했다. 나는 동물을 위해 꽤 많은 것을 실천하고 산다며 내심 뿌듯해하기도 했다.

이런 나에게 시골에서의 삶은 엄청난 변화였다. 유기견 30여 마리와 함께하는 생활은 나의 삶을 송두리째 바꿔놓았다. 그 변화는 가치관까지 흔들어 놓았다. 예전에는 '성공'이 삶의 척도였다면, 지금은 '행복'이 삶을 관통하는 주제어다. 그렇게 해서 탄생한 나의 인생 모토가 '사는 동안 행복하게'이다. 이건 단지 내 삶에 국한한 게 아니다. 나와 함께하는 아이들, 나에게 환자로 찾아온 아이들, 그리고 나아가 모든 생명이 생을 통틀어 가져갈 주제다.

인간이야 자기 계발을 하는 것이 궁극적인 목표가 될 수 있고, 명예로운 삶이 목표가 될 수도 있지만, 동물에게는 이 세상에 머무는 동안 행복하게 사는 것이 가장 큰 가치가 아닐까 감히 짐작해 본다. 그래서 그들을 행복하게 만들어 주는 것이 내 인생 목표가 되었다.

사람들은 내가 시골에서 아이들만 끼고 살고, 그 삶에 100% 만족하며 사는 줄 안다. 사실 틀린 말은 아니다.

은행나무 아래에서 아이들이 신이 났다.
내가 가장 사랑하는 모습이다.

하지만 나는 내 손길이 닿지 못하는 아이들까지도 보듬고 싶은 마음이 간절하다. 그래서 동물 병원도 열고, 글도 쓰고, 강의를 해서 미래 수의사들의 가치관을 변화시키려고 노력하고 있다. 동물 병원을 개원한 이유는 시골의 마당 개들에게 조금이나마 저렴한 가격으로 중성화 수술을 해주고 싶어서고, 책을 출간하려는 이유는 유기견들하고도 충분히 행복한 가정을 꾸릴 수 있고, 나 같은 삶도 행복할 수 있음을 알리고 싶어서다. 이런 일련의 행동이 세상을 바꿀 수는 없겠지만, 적어도 아무것도 하지 않는 것보다는 동물에게 나은 삶을 제공할 수 있으리라 믿는다.

예전에 친구들과 놀다가 나이 얘기가 나온 적이 있다. 모두 나이 들어가는 것이 무섭다고 했다. 하지만 난 생각이 달랐다. "시골에 오면서 나이에 대한 생각이 조금 달라진 것 같아. 어릴 때는 이래저래 여러 욕망이 꿈틀거렸고, 아마 그때 이런 삶이 주어졌다면 지금처럼 행복을 느끼지 못했을 것 같아. 어쩌면 보다 나은 미래를 위한다는 핑계로 애들 곁을 떠났을지도 몰라. 이렇게 나이를 먹어 안정된 상태에서 아이들을 만난 것이 나에게는 축복이지 않을까 해. 그래서 나는 나이를 먹는 게 싫다기보다는 점점 더 아이들과 안정적으로 함께할 수 있을 거라는 확신을 주는 것 같아."

친구들은 모든 삶을 아이들과 연관 지어 생각하는 내가 신기하다고 입을 모았다. 하지만 나에게는 전혀 신기한 일이 아니다. 아이들과 나는 이제 떼려야 뗄 수 없는 관계를 맺고 있기 때문이다. 그래서 내 삶의 기준은 아이들이다.

이왕 한 번 살다 가는 인생 찐하게 행복하게 살고 싶고, 찐하게 동물을 사랑하고 싶다. 나의 아이들이 사는 동안 행복하게 내 곁에 머물다 편안하게 떠나가도록 하는 것. 그걸 위해 나는 매일 매일 노력한다. 그리고 모든 동물이 그러했으면 한다. 일찍 죽임을 당해야 하는 입장이라도, 임신과 출산을 반복해야 한데도 그들이 사는 동안에는 행복하기를... 완벽한 행복을 줄 수 없다고 해도 순간순간만이라도 행복하기를 바라고 또 바라본다. 그래서 나는 이번 생에 할 수 있는 일은 다 해볼 작정이다. 적어도 내 손끝을 거쳐 가는 아이들이 조금은 행복할 수 있도록 노력하는 삶을 살고 싶다.

편백이가 또 기분이 좋은가 보다. 기분이 좋으면 항상 벌러덩 누워버린다. 그 옆에 꾀복이도 덩달아 기분이 좋다.
나도 기분이 좋다.

나는 시골 동물 할머니가 될 거야

나는 오랜 시간 수의사를 꿈꾸며 살아왔다. 그러나 그 꿈을 이루고 나서부터 이렇다 할 꿈이 없었다. 긴 방황기를 거친 것 같다. 동물을 도와주고 싶기는 하고, 좀 남들 보기에 그럴듯한 삶을 살고도 싶고, 여러 가지 욕망이 겹쳐서 어느 쪽으로 가야 할지 갈팡질팡했다. 하지만 이런 욕망은 나를 끊임없이 공부하게 만드는 원동력이 되었다. 예전에는 정말 앞만 보며 열심히 달렸는데, 그런 내가 잠시 주위를 둘러본 건 보호소 봉사 활동이 전부였다.

하지만 나름 열심히 살았던 내게 '성공'은 항상 너무 멀리 있었고, 많은 순간 좌절했다. 공부한 것들이 아무짝에 쓸모없는 것처럼 느껴질 때는 그간 시간과 돈, 노력을 들여 무얼 한 것인가 하는 자괴감이 들었다. 그렇게 이리저리 부딪히며 갈피를 못 잡는 시기를 보내며 나는 임상의가 내 갈 길이 아닐지도 모른다는 생각을 했다. 내가 감당하기에 생명의 무게는 너무 버거웠고, 뭐든 돈과 연관되어 일어나는 일련의 일들은 나를 지치게 했다. 그런 나에게 동물 복지는 꼭 공부해 보고 싶은 분야였다. 하지만 영국에 가서 동물 복지 박사 학위를 따기에는 너무 힘든 점이 많았다. EU 국가의 국민이 아닌 나는 번번이 장학금 제외 대상이었다. 나는 또다시 좌절을 경험하며 석사학위 공부만 마치고 한국으로 돌아와야 했다.

쉬고 싶었다. 그동안 떨어져 지냈던 나의 아이들과 시간을 보내고 싶었다. 당시 내게 가장 소중한 존재는 가족과 나의 아이들뿐이었다. 그들만이 너덜너덜해진 나를 두 팔 벌려 반겼기 때문이다. 그런 아이들에게 더 좋은 환경을 제공하고 싶어 짐을 싸 들고 무작정 시골로 내려갔다. 그 당시에는 식구가 이렇게 늘어날지 꿈에도 몰랐고, 잠시 쉬었다가 서울로 돌아갈 작정이었다.

하지만 나를 마중 나온 시골은 뭔가 달랐다. 자연은 조용히 나를 감싸 안았고, 아이들은 자유로운 바깥출입에 잔뜩 신이 났다. 나는 자연의 품 안에서 쉴 수 있었다. 여기서는 자연과 동물만이 있을 뿐이었다. 내 인생에 큰 영향력을 행사하던 다른 사람의 시선이 빠져 있었다. 나는 무슨 진정한 자유를 찾은 사람처럼 홀가분한 기분에 사로잡혔다. 먼저, 몸에 딱 맞게 입던 옷들은 내던지고, 편한 옷으로 갈아입었다. 발 편한 신발로 갈아 신었다. 온갖 액세서리는 무용지물이었다. 나는 치장하던 모든 것을 내려놓았다.

처음에는 시골에서 키우던 개 3마리, 내가 데리고 온 개 3마리, 이렇게 6마리로 시작했다. 하지만 이곳에도 불쌍한 동물은 넘쳐났고, 어느새 개가 32마리가 되었다. 나는 무척 바빠졌다. 우리 개들뿐만 아니라 아파도 병원에 데려가지 않는 이웃 개들(주위에서 쉽게 찾아볼 수 있는)을 치료하기 시작했다. 내가 돈을 받지 않으니 이웃 반려인들은 농산물을 가져다주시고는 했다. 직접 만든 반찬부터 직접 짠 참기름 등 돈 주고도 못 사는 귀한 것들. 나는 그 어떤 때보다 보람을 느꼈다. 연봉을 따지며 병원을 고르던 시절이 잠깐 떠올라 웃음이 났다. 바뀌어도 너무 많이 바뀐 내 모습이 신기했다. 동물 복지를 배운 것도 도움이 많이 되었다. 우리 아이들의 복지를 최대한으로 끌어올릴 수 있는 것도 물론 좋았지만, 이웃 개들을 키우는 환경을 상담해 줄 수 있어서 좋았다. 나는 이곳에서 꽤 필요한 사람이 되고 있었다. 돈을 잘 벌지는 못해도 아이들을 보고 있으면 부자가 된 기분이 들었다. 그리고 새로운 목표가 생겼다. 이렇게 자연과 더불어 아이들과 함께 늙어가는 것이다. 봄이 오면 꽃놀이도 가고, 여름이 오면 물놀이도 가고, 가을이 오면 산책하며 아름답게 변하는 나무들을 보고, 겨울이 오면 버려진 나무를 모아 와서 불을 지피는, 그렇게 한 해 두 해 살아가는 것이다. 그렇게 '시골 동물 할머니'가 되는 것이다. 내가 어릴 적 가장 좋아한 사람은 슈바이처였다. 그리고 지금은 한 사람이 더 추가되었다. 바로 타샤 튜더. 자연 속에서 자연이 주는 선물을 감사히 받으며, 여러 동물과 함께 살아가는 모습을 닮고 싶다.

나는 이제 더 이상 남보다 성공하거나 유명해지길 바라지 않는다. 그보다는 조용하지만, 더 행복할 수 있는 꿈을 꾼다. 그리고 그 꿈은 나의 동물들에게도 같다. 나의 동물들 나아가 이 세상 모든 동물이 행복해지는 것, 그게 내가 꿈꾸는 미래다. 그러기 위해서는 나부터 진정한 행복을 맞아들여야 한다. 그게 나의 가까운 목표다. 남들에게는 비록 잘 보이지 않는 인생이겠지만, 내게는 그 무엇을 준다고 해도 바꾸지 않을 삶이다. 소박하지만 멋진 나의 꿈을 응원하면서 오늘도 행복하게 살아가려 한다. 언젠가 나이 들어 시골 동물 할머니가 되어 있을 나를 상상하면서.

산책 끝내고, 뒷마당에서 잠시 쉬고 있다.
잠시 숨을 고르고 또 다른 시작을 향해 나아가자.

사는 동안 행복하게

— 32마리 개, 7마리 고양이, 숲속 수의사 이야기

손서영 지음. 황은영 그림

1판 1쇄 발행일 2023년 9월 8일

ISBN 979-11-973604-6-6

기획 박진홍
편집 박영산
디자인 불도저
마케팅 김라몬
인쇄 (주)중앙문화인쇄사

펴낸 곳 린틴틴
출판 등록 번호 제2020-000038호
주소 서울시 마포구 신촌로2길 19
마포출판문화진흥센터 3층 315호
전화 070-8095-9977
www.lintintin.com
instagram @lintintin.pub
lintintin.pub@gmail.com